KB167628

어느
피아니스트의 서시
그리고 음대로 가는 길

어느 피아니스트의 서시
그리고 음대로 가는 길

2012년 11월 22일 초판 1쇄 발행
2018년 01월 03일 개정판 1쇄 발행

지은이 송하영
펴낸이 안호헌
아트디렉터 박신규
교정·교열 김수현

펴낸곳 도서출판 흔들의자
출판등록 2011. 10. 14(제311-2011-52호)
주소 서울 은평구 통일로65길 18-1, 3층
전화 (02)387-2175
팩스 (02)387-2176
이메일 rcpbooks@daum.net(편집, 원고 투고)
홈페이지 www.rcpkorea.com
블로그 http://blog.naver.com/rcpbooks

ISBN 979-11-86787-09-0 03810

* 이 도서의 국립중앙도서관 출판예정도서목록(CIP)은 서지정보유통지원시스템 홈페이지(http://seoji.nl.go.kr)와
국가자료공동목록시스템(http://www.nl.go.kr/kolisnet)에서 이용하실 수 있습니다.(CIP제어번호: CIP2017029972)

어느 피아니스트의 서시 그리고 음대로 가는 길

글 | 송하영

흔들의자

프롤로그

하늘은 작가라는 이름을 선물해 주셨습니다.

한국출판문화산업진흥원 선정 청소년권장도서-

음대로 가는 길 그리고 안단테 칸타빌레 개정증보판을 내면서

'국어 선생님'이 되고 싶었습니다.
그러나
저는 '피아니스트'가 되었습니다.

음악가였던 아버지는 제가 피아니스트로 자라기를 너무도 바라셨고
결국 저는 부모님의 꿈대로 피아니스트가 되었습니다.

피아니스트로 하루하루를 살아가는 것.
... 그것도 나쁘지는 않았습니다.
덕분에 별로 특별할 것도 없는 제가 많은 분들의 사랑을 받고 살 수 있었습니다.

국어선생님은 아니지만 문학을 좋아했던 소녀의 그 꿈을
하늘은 작가라는 이름으로 대신 선물해 주셨습니다.
내게 너무 늦게 찾아와 어쩌면 더욱 소중하게 느껴지는,
그리고 누군가가 내게 바라는 대로가 아닌
정말로 내가 스스로 원했던 '작가' 라는 그 이름이 너무나 소중합니다.

개정증보판 〈어느 피아니스트의 서시 그리고 음대로 가는 길〉은
2012년 발간 된 〈음대로 가는 길 그리고 안단테 칸타빌레〉 중 수필 부분의 비중을 더욱 늘려
대중들이 좀 더 쉽게 클래식에 접근해야 한다는 사명감에서 나온 것입니다.

또한 눈으로 보여 지는 음악인들의 삶은 화려하기 그지없으나
그 화려한 삶과 아름다운 연주 뒤에는 감추어진 예술인의 고뇌와 눈물도
분명히 존재함을 많은 분들께 알려드리고 싶었습니다.

하나의 연주를 무대에 올리기 위해서는 보여 지는 모습 외에
그 이면의 많은 노력과 눈물, 때론 아픔도 있음을 알려드리고 싶었고
반대로는 그렇게 환상 속을 살아 갈 것만 같은 음악인들도
결국은 '우리네와 다를 바 없는 한 인간이구나'를 알려드리고도 싶었습니다.

아울러, 음악인을 꿈꾸는 학생들에게는 보여 지는 부분이 화려하면 화려할수록,
그에 상응하는 대가도 혹독해 질 수 밖에 없음을,
무언가 이루기 위해서 필요한 것은 겨우 자아도취에 불과할 겉멋이 아니라
꿈을 위해 정당히 지불해야 할 엄청난 노력과 깊은 고뇌가
마땅히 뒤따라야함도 깨닫게 해주어
쉼 없이 나아가는 모범적인 선배의 모습을 보여주고도 싶었습니다.
그것이 제가 이 길을 먼저 걸은 선배로서,
그리고 스승으로서 마땅히 해야 할 일이라 믿었기 때문입니다.

제게 작가의 일상을 허락해 주신 도서출판 흔들의자 안호헌 대표님께 감사를.
그리고 제가 쓴 책을 사랑해주시고 또 읽어주시는 여러분께도 깊은 감사를.
세상을, 그리고 생을, 하루하루를 스스로 바라는 모습으로 살고자 갈망하는
모든 분들에게 뜨거운 지지와 응원과 진심어린 마음을 보냅니다.

꿈. 혹, 내게는 오지 않을 가혹한 신기루일지라도
꿈을 가진 자는 적어도 앞으로 나아감을 분명 멈추지는 않을 것이기 때문입니다.

송하영

피아니스트
송 하 영

학력 선화예술학교 졸업
선화예술고등학교 재학 중 도러
키에브 차이코프스키 국립 음악원 졸업
(성적 우수자 명예 졸업-Diplom with honor 끄라스늬 디플롬)
(The National P.I.Tchaikovski Academy of Music)
The Master Dgree of Fine Art (1999)
-Concert performer
-Artist of chamber music emsemble
-Professor
오스트리아 국립 음악원 연수
캐나다 토론토 대학(UT) 아티스트 디플롬(AD)(2007)

수상 Spain,Madrid, Nvova Acropolis 국제콩쿠르 Finalist(1998)

연주 국립 키에브 차이코프스키 음악원 Small Hall 독주회 개최 (1994,1996,1999)
호로비츠 페스티발 갈라콘서트 참가 및 연주 (키에브 국립극장,1995)
말레이시아 국립대학교 (University Putra Malaysia) 교수 음악회(2000)
양평 군민회관 대강당 피아노 초청 독주회(2004)
예술의 전당 리사이틀홀 피아노 독주회 (2004.7.13)
영산 그레이스홀 피아니스트 송하영 제자 음악회(2004.11.25)
장천 아트홀 인필오 오케스트라 협연 (2010)
영산 아트홀 국제 피아노 음악 협회 제7회 정기 연주회 (2010.11.22)
부암 아트홀 토요 초청 연주 (2011.4.16)
영산 아트홀 피아니스트 송하영독주회 (2011.5.28)
피아노트리오 '지그' 창단연주회(2011.11.24/부암아트홀)
금호아트홀 피아니스트 송하영독주회(2013.8.18)
피아노트리오 '지그' 일본 오사카 한국문화원 초청공연(2013.10.6)
국제피아노음악협회 제9회정기공연/영산아트홀 (2013.11.19)
피아노트리오 '지그' 세종문화회관 체임버홀 단독공연(2014.12.28)
2014 연중기획 가곡마을 나음아트홀 초청 피아니스트 송하영과 함께하는 토크콘서트
2015 (주)웰라이프 파견예술인
순천가곡예술마을 국제가곡제 러시아편 출연(2016.10.8/베이스 황상연 동반출연)

석사논문 베토벤 소나타 No.30 Op.109의 연주학적 관점에 의한 분석

경력 말레이시아 국립 대학교 (University Putra Malaysia) 객원 교수 역임 (2000~2002)
University of Toronto Summer Music Festival 참가 (전액장학금수혜.2006.7.24~8.12)
'서양 음악사에 있어서의 러시아 음악의 의의' (대구대학 인문과학연구소 콜로키움/2014)

사사 성양자, 조치호, V.Kozlov. John Perry. Andre Laplante. Menahem Pressler

저서 피아니스트 송하영과 함께 걷는 음대로 가는 길 그리고 안단테 칸타빌레
(한국출판문화산업진흥원 선정 청소년 권장도서_문화예술부문)

송하영은 어느덧 경륜의 인격을 음악에 담아 천상의 경지로 다가가고 있다.

이 책을 보면 피아니스트를 꿈꾸는 어린 학생들을 위한 길잡이로 보입니다.
실제 책 속에서도 수험생들의 연주 기법, 곡 해석, 입시 곡 선택의 문제 등
다양한 질문에 선생님처럼, 언니처럼 자상하게 답해주고 있습니다.
온갖 경험으로 연단된 선배로서 후배들에게 보내는 위로와 격려,
그리고 염려도 담아주고 있어 같은 꿈을 꾸고 있는 모든 학생들에게
매우 큰 도움이 되리라 여깁니다.

송하영은 먼저 어린 수험생들에게, 연주를 하면서 "왜?"라고 스스로에게
물어보길 권유합니다. 삶의 궁극적인 문제를 지적하고 있는 것입니다.
그것은 연주에 국한하지 않고
'내가 왜 이 길을 택해야 하는가? 나는 과연 남들을 감동시킬 수 있는
재능과 진정한 마음을 갖고 있는가?'를 돌아보라는 충고입니다.
'자신의 영혼까지도 악마에게 넘기기를 주저하지 않은 파우스트'를 상기시키면서,
자신이 파우스트처럼 영혼을 팔아서라도 내가 원하는 재주와 재능을
얻고자 했었음을 고백합니다.

송하영은 화려했습니다. 악마와의 거래도 두렵지 않았습니다.
그러나 손아귀에 쥐었던 그 달콤하고 엄청났던 권력과 명예,
영원할 것만 같았던 꿈과 이상들은 어쩌면 신기루였을지도 모릅니다.
모든 것을 잃고 영혼하나 건지지 못한 빈껍데기로 남았었다고 고백합니다.
왜 그랬을까요? 송하영은 세계적인 연주자들을 보면 학문적인 곡 해석과 개인의 인생철학,
그리고 겸손함이 그들의 음악 속에 녹아 있음을 깨닫는다고 말합니다.
그들에게는 엄청난 노력의 결실로 완벽한 밑그림이 그려져 있었다는 것입니다.
안타깝게도 송하영은 그러하지 못했다는 것입니다.

송하영은 비로소 깨달았고 그래서 추슬렀습니다.
이젠 그 혹독한 연단의 인생만사를 자신의 음악 속에 담았고,
그랬더니 그렇게도 두려웠던 〈리스트의 소나타〉를 나만의 이야기로
당당히 풀어갈 수 있게 되었다는 것입니다.
오늘날 송하영의 섬세하면서도 강력한 연주가 그렇게 잉태된 것임을 말해주고 있습니다.

송하영은 어린 학생들에게,
스스로에게 관대해선 안 될 것이며 스스로에게 혹독해야 한다고 강조합니다.
또한 '되기 위해서'는 '되어가는 과정'을 중요히 여기라고 당부합니다.
조급하지 말고 단단히 자신을 단련하면서, 그 어떠한 상황에서도 천천히 노래하듯이
자신의 삶을 연주해가라고 당부하고 있는 것입니다.

이 책은 송하영의 화려한 경력 속에 숨어 있었던 간증입니다.
연주할 때의 그 진지함과는 달리 일상에선 너무나 소탈해진 송하영의 모습에서
내면의 음악세계로 승화된 경륜을 읽습니다.
송하영은 어느덧 그 경륜의 인격을 음악에 담아 천상의 경지로 다가가고 있음을
보여주고 있습니다. 안단테 칸타빌레로....

아주 작은 이 책이 아마도 세계적인 피아니스트를 꿈꾸는 학생들에게는
실질적인 조언과 함께 미래의 삶에 대한 좋은 귀감이 되고 가르침이 되리라 믿습니다.

구본홍 CTS-기독교TV 사장

인문학을 입은 피아니스트

송하영은 이 글을 통해 우리가 늘 화려하고 완벽하며
당당하게만 보아 왔던 무대 위 클래식 음악가들의
속내, 좌절, 설렘과 고통을 가감 없이 적나라하게 보여줌으로써
그들 또한 우리와 다르지 않은 인간이라는 깨달음을 편안하게 전달해 준다.

글을 통해 시종일관 흐르는 그녀의 깊은 식견은
그녀가 비단 클래식 피아니스트 일 뿐 아니라,
인문학자에 가까운 사람이 아닐까 하는 감탄이 절로 나올 지경이었다.

곧 다가올 그녀 인생의 인디언 썸머와도 같을 화양연화와 더불어
더욱 깊은 아름다움으로 변화될 송하영,
그녀의 음악, 그리고 그녀의 글이 벌써 궁금하다.

문현기 우석대 교수

풍성한 실타래 같은 그녀의 글

피아니스트 송하영의 글은 주로 그녀의 감각에서 촉발된다.
무언가를 생각할 때, 볼 때, 들을 때, 그녀의 가슴속에서는
어떤 기억과 함께 상상들이 튕겨져 나온다.

세계를 무대로 연주 활동을 해 온 화려한 경력을 지닌 예술가로의
자긍심 못지않게 스스로 정신적 유배를 자처하여 선택하는
외로움과 아픔이 내비치는 그녀의 글을 읽다 보면 의외성이 느껴지기도 하지만
특유의 밝은 에너지에 힘을 입은 자유로움과 솔직함이 느껴져 묘한 매력에 빠져들게 된다.

풍성한 실타래 같은 그녀의 글 속에는 다양한 이야기들이 숨어 있다.
너무나 상냥하고 친절하게 들려주어 그녀의 매력에 빠져들지 않을 수 없었다.
그리고 책을 덮고 나서 나는 그녀의 연주를 찾아보지 않을 수 없었다.

김숙분 작가, 출판인

그녀의 철학과 글 솜씨에 놀라다.

피아니스트가 쓴 글.
기대 반, 호기심 반으로 옥고를 열어보았습니다.
적지 않은 책의 분량이지만 내용에 푹 빠진 채로 술술 읽어 내려가면서
내 입가를 들었다 놨다 하며 심장을 말랑말랑하게 적셔주는
그녀의 철학과 글 솜씨에 놀라움과 감탄을 금할 수 없었습니다.

어릴 적 피아니스트 겸 작곡가를 꿈꾸던 치과의사인 나로서는
다시 한 번 국어 선생님을 꿈꾸던 피아니스트, 송하영.
인간으로서 송하영의 매력과 향기에 푹 빠져들게 되었습니다.

이제 어릴 적 꿈인 국어 선생님까진 아니더라도 좋은 글을 창조하여
세상 독자들의 마음을 힐링해 주는 멋진 작가의 길도 함께 걷게 됨으로서
다르면서 비슷한 모양의 꿈을 이루게 되길 끝까지 응원하고자 합니다.

너무나도 좋은 글, 감사드리고
앞으로도 음악과 문학 양면에서 좋은 작품들 기대합니다.

임종환 부천 서울삼성치과 원장

글 하나하나마다 음악과 인생에 대한 사랑이 담겼다.

피아노 선생님으로서 처음 알게 된 송하영 선생님은 딱딱하고 죽은 악기인
줄로만 알았던 피아노가 사실은 연주자의 마음을 고스란히 담아주는
섬세하고 살아 숨 쉬는 악기라는 것을 처음으로 알게 해주신 스승이십니다.

레슨을 받으면서 음악에 이야기를 담고
감동을 담으려면 한 곡에 많은 실험과 연습과 고민이 필요함을 배울 수 있었습니다.
〈안단테 칸타빌레〉를 읽으면서 음악가가 얼마나 고된 길을 걷는 사람인지
한 무대의 아름다운 연주 뒤에는 얼마큼의 눈물, 쓰라림, 아픔,
좌절이 숨겨져 있는지 피부로 느낄 수 있었습니다.
그리고 그 솔직한 글에서 송하영 선생님이 어떤 사람인지도 볼 수 있었습니다.

글 하나하나마다 음악, 그리고 인생에 대한 사랑—솜사탕처럼 달달하고 꿈같은 드라마 속
사랑이 아니라, 씁쓸하고 힘도 들고 뼈아픈 좌절도 맛보게 되지만 오히려 그래서 더욱 빛나고
아름다운 사랑—이 고스란히 담겨 있어 읽을수록 저도 모르게 빠져들었습니다.

송하영 선생님의 음악과 글과 사랑과 인생이 더욱 아름다워지리라고 믿고 기대합니다.

송예진 고려대학교 의과대학 학생

CONTENS

어느 피아니스트의 서시

Ⅳ 안단테 칸타빌레

천천히 노래하듯 걷는 하루하루

음대로 가는 길 Q & A

3. 그 외 작곡가에 관한 질문 (브람스, 스크리아빈, 리스트, 라흐마니노프)

4. 심리적 요인에 관한 질문

5. 릴렉스와 테크닉에 관한 질문

6. 스승에 관하여 (지도교사 선택과 레슨에 관하여)

어느 피아니스트의 서시

I. 어느 피아니스트의 서시

어느 피아니스트의 서시

하늘을 우러러 한 점 부끄럼이 없길 바랐다던
청명한 시인의 마음은
바람에 이는 잎새에도 가슴이 아팠다고 했다.

여리고 여린 잎새야
한낱 한줄기 바람에도 쉬이 흔들리는 것이 당연지사거늘.

그 말은
다시 말해
언제나, 매순간
하늘을 향해
부족한 스스로가 아프도록 부끄러웠다는 말일 것이다.

오늘
내가 가장 사랑하는 서시를 떠올리며
내 마음에 다행이다 여겨지는 것 하나가 있었으니
내 스튜디오에는 창문이 없어
하늘을 바라 볼 수 없다는 것.
귀가하던 길은 이미 어둑하여
부끄러운 내 맘을 어둠으로 숨겨주니
이 또한 어찌 감사하지 않을까.

언제쯤
나는
양심의 쓰라림 없이 하늘을 바라볼 수 있을 것인고.

오늘도 별이
바람에 아프게 스치운다.

파우스트의 위로

파우스트.
지식과 부와 명예. 그리고 권력을 위해
자신의 영혼까지도 악마에게 넘기기를 주저하지 않았다던
독일의 마술사, 혹은 점술사.

가끔 교회 목사님들의 설교에 등장하며
인간의 믿음의 나약함과
인간의 본성에 존재하는 죄성을 밝히는데
자주 예로 사용되기도 하는 작중 인물 중 하나.

허나
어찌 나쁘다. 나무랄 수만 있겠는가.
수단과 방법을 가리지 않고 입신과 양명을 바라는 마음
그리 되고자 애쓰는
최선을 다하는 사람의 조급함.
늘 할 수 있는 것 보다 더 많은 에너지를 소비하면서도
원하는 바를 손에 쥐지 못하는
결코 쥘 수 없는.

그러기엔 애초에 타고난 그릇의 크기가 조금 모자라는.
이 땅의 모든 노력하는 준재들의 눈물을.

나는 잘 안다.
그 애달프고 서러운 마음을.
내 영혼을 팔아서라도
내가 원하는 재주와 재능을 얻고자 하는 그 깊디깊은 한을.

그래서 내 마음에 파우스트는
가식 없이 솔직한 순수의 한 인간으로
악마와의 거래에도 응할 수 있는 배짱 있는 당당한 인간으로
모든 것을 잃을지도 모른다는 것 또한 겁내지 않을 만큼의
요지부동의 꿈을 가진 야심가로 자리하고 있다.

내가 리스트 피아노 소나타를 연습할 때 마다
늘 감정이입의 주인공으로 내세우는 인물이 바로 파우스트다.

화려했던 시절, 악마와의 거래도 두렵지 않을 만큼
그리고 손에 쥐었던 그 달콤하고 엄청났던 권력과 명예.
그 모든 것을 잃고 영혼하나 건지지 못한 빈껍데기로 남았을 때
그렇게 화려하기만하고 영원할 것만 같았던 그 눈앞에 선명하게 현존했던 꿈과 이상.

그러나 지금은 그저 희미하게 추억되는 옛 기억들.
오히려 쓸쓸함을 배가 시킬 뿐인 일장의 춘몽.
그 인생만사가 음악 안에 모두 녹아있다.

비단 파우스트의 일생일 뿐이더냐.
꿈을 위해 좌절하고 때로는 잡지 말아야 할 손과도 서슴없이 결탁하기도 하며
더러운 밑구멍도 기뻐 마지않으며 기어들어가기도 서슴지 않는 것이.

나는 이제 더 이상
리스트의 소나타가 두렵지 않다.

그리고 이제야 비로소 파우스트가 아닌 나만의 이야기로 풀어낼 수 있을 것 같다.
내 비록 지금은 장시간의 연습을 버텨내기에 체력이 쇠한 노병으로 돌아왔다만
이를 악물고 눈물을 꿀처럼 달게 들이 삼켜서라도 머지않은 시일 안에
이 곡을 넘어설 수 있을 듯싶다.

물론 연습은 고되고 힘들다.
그리고 끝을 알 수 없는, 혼자 감내해야하는 외로운 길이다.
그래서 가끔은 아무도 모르게 홀로 서러운 눈물을 삼키는 일도 허다하다.

허나 어찌할꼬.
사랑은 눈물의 씨앗이라던데 내가 음악을 사랑하는 이상
음악을 완성해 내기 위한 연습, 그리고 과정.
그 또한 마땅히 눈물의 씨앗이 되어야 하지 않겠는가.

바흐가
말해주는
"괜찮아"

바흐.
그의 작품을 연습할 때가
연습하는 과정 중 가장 마음이 편안하다

움직이는 손가락에 맞춰 마음을 열어
선율을 따라가는 내 귀에
누군가
괜찮아. 괜찮아. 괜찮아.
라고 속삭이며
다치고, 피곤한 내 영혼을 토닥이는 것 같아 따뜻하다.

부디
나뿐이 아니라
내 바흐를 듣는 모든 이들의 마음에
괜찮아. 괜찮아. 괜찮아.
하는 위로가 내 손을 빌어 모두의 귀에 전달되었으면.

힘들고, 고되어도
그것이 바로 내가 피아니스트로 살아가는
유일한 기쁨이고, 보람인 것을.

연습하는 마음이 조금씩 안정이 되어간다.
이렇게 걷잡을 수 없었던
나이 먹은 피아니스트의 때늦은 사춘기가
조금씩 잦아들려나 보다.

마음을 잡자.
마음을 잡자.
마음을 잡자.

때가 더 늦어
돌아오고 싶어도 되돌아올 수 없어지기 전에.

천재는
노력하는
준재의 마음을
언제나
아프게 한다

언제나 모자라다. 나무라기만 하던 내 자신이지만

가끔 누군가와 비교하여
그래. 이만하면, 이 정도면 괜찮았어. 라고 느끼는 순간이 있다.

늘 머릿속이 복잡하지만
한 평생 옆길로 새지 않고 한 길을 꾸준히 걸었고,
하고 싶지 않은 일일망정
해야만 하는 일에는 결단코 게으름을 부리지 않았으며,
작은 그릇이지만
언제나 그릇의 크기를 탓하기에 앞서
늘 가득 채우려는 노력을 게을리 하지 않았고,
남보다 작게 타고난 나의 그릇을 감추기 보단
받아들임에 부끄러워하지 않았다.

늘 그렇게 '건전한 열등감'을 가지려 했다.
언제나 사람들의 입에 부정적으로 거론되는
'열등감'이라는 단어이지만,
아이러니하게도 내 인생을 버텨주는
가장 중요한 요소들 중 하나가 바로 그 '열등감'

그 열등감이 없었다면
그렇게까지 부지런을 떨고 하루하루를 발을 동동 구르며
애절하리만큼 성실하게 살진 못했을 것 같다.
"천재는 노력하는 준재의 마음을 언제나 아프게 한다."고 하지만
세상에 언제나 일인자는 하나이면 충분하지 않은가.

열등감으로 똘똘 뭉쳐 오늘을, 또 내일을 견디어나가는
평범한 나의 살아가는 모습도
누군가에게 잔잔한 감동과 용기가 되었으면 좋겠다.

연습보다
더한
스승은 없다

남들로 부터 성공한 인생이란 소리를 듣는 것이 제일 싫었다.
그럴 때 마다 마주해야하는 내 자신의 모습이
너무나 무지하고 몽매하여
어찌할 바를 모르고
나 자신이 마치 사기꾼처럼 내 인생 자체가 통째로 부정되는
매운 아픔을 견디어야 하였으니.

남들로부터 모자라다. 나무라는 소리를 듣는 것도
또한 제일 아팠다.
그럴 때마다 기억나는 매일 밤,
그 눈물로 얼룩진 고뇌와 불안, 무서움과 두려움.
그를 극복하기 위해 사투를 벌여 했던
연습... 연습... 끝도 없던
그야말로 피나던 연습.
나의 가장 찬란한 젊음을 통째로 삼켜버렸던
그 무시무시했던 시절 자체를
무시당하는 것 같아서
그 참을 수 없는 분노에 몸서리가 쳐지곤 했다.

힘들고 고되지만
어쩔 수 없는 진리, 연습보다 더 좋은 스승은 없다.

지성이면 감천이라며
하늘이 감동하는데 이뤄지지 않을 일이 어디 있을까.

유독 그 하늘이 하필 나에게만 가혹하시기로 작정한 듯,
생이 유독 억울하게 느껴지는 날도
어쩔 수 없이 있다.

나를 벗습니다

나를 벗습니다.
그리고 슈만을 입습니다.
그리곤 그 슈만이 달아날까
입도 닫고, 눈도 닫고, 마음의 문도 굳게 닫습니다.
이런 자폐의 골이 더욱 깊어지면 깊어질수록
나는 슈만과 더욱 가까워집니다.

그러나 나는 자꾸만 나를 잃어갑니다.
여러분과 약속한 날짜가 다가올수록 저는 두렵습니다.
그 무대가 무섭기만 합니다.
나를 버려가면서까지 가두어 놓은 슈만이
그 순간 멋지게 부활해야 할 텐데요.
그렇지 못할까봐, 하늘이 그것을 허락지 않을까봐
그 무대의 주인공이 되기를 인정해 주지 않을까봐
내 노력이 부족하다 그 순간 많은 사람들 앞에서
호되게 나무라실까봐 두렵습니다.

하지만 나는 이 싸움에 지지 않겠습니다.
물러서지 않을 것입니다.
더 이상 울지도 자폐아처럼 멍하니 있지도 신병에 걸린 무당처럼
내가 아닌 슈만이 되고자 노력치도 않을 것입니다.

그저 나 송하영이 되겠습니다.

슈만의 날개위에 가장 편한 내 옷을 입어
가장 아름다운 내 모습 그대로
'송 하 영' 바로 그 모습으로 여러분 앞에 서겠습니다.

이걸 깨닫는데 꼬박 제 평생을 모두 바쳤습니다.
여러분과 약속한 날짜까지 최선을 다해 송하영이 되겠습니다.
여러분 저는 피아니스트 송. 하. 영. 입니다.

피아니스트 VS. 광대

연주가 코앞이다.
그러나 여러 가지 개인적인 일들이
거미줄처럼 나를 옭죄고 있고 그 중 가장 내 맘을 괴롭히는 건

중환자실에서 얼마 전 일반병실로 옮기신 엄마.
내 가장 사랑하는 엄마.
부르기만 해도 가슴 저린 우리 엄마.

감기 한번 앓지 않았던
늘 강하고 강했던 엄마기에 마음이 더욱 더 아픈.

언제나 함께 라고 생각하며 살았던 '우리'라고 믿었던
그러나 어쩔 수없이 함께해 줄 수는 없는
결국엔 어쨌든 나 홀로 걸어가야 하는 이 길.

안 그래도 외롭고 힘든 길에
자꾸만 무거운 짐을 얹어주시는 신의 가혹함에
흐르는 눈물을 멈출 수 없지만

나는 언제나 집을 나서는 순간부터
눈물을 멈추고 입가에 웃음을 머금고

사람들과 인사하며,
학생들을 가르치고,
무대에서 연주하며,
고민하고 연습하며,
어찌 되었던 하루를 마감한다.

이런 나를 사람들은
'멋진' 피아니스트라 부르지만
이런 나를 스스로는
'슬픈' 광대라고 부른다.

될 때까지 하는 게 연습

세계적인 발레리나 강수진 씨가 이런 말을 했다.
"이만하면 됐다. 라고 생각하고, 말할 때
그 사람은 이미 예술가로서 죽었다!" 라고.

그런데 너희들은 너무나 쉽게
최선을 다했다. 라는 말을 서슴지 않고 내뱉는다.

안 해 본 방법이 없다.
안 들어 본 음반이 없다.
아무리 해도 안 된다.

몇 번을 말해야 알아들을까.
몇 번을 연습 했던들 안된다면
그건 하나도 연습 하지 않은 것과 전혀 다를 바 없다는 것.

될 때까지 하는 게 연습이라는 것.
그것이 설사 우리가 바라는 만큼
빠른 시일 안에 이루어지지 않는다 할지라도.

더 이상 얼마나 아프게 말해야 그 가슴에 이 말이 새겨질까.

강수진 씨의 발처럼
우리들의 손가락도 그렇게 뭉그러지게 만들어 보자!!!

그 뭉그러진 흉한 발이 아직도 난 멀었다고
최선을 다하지 않았다고 오늘도 쉼 없이 뛰는데
너희들의 그 예쁘고 가녀린 손가락은
'이만하면 됐다'라고 오늘도 안주한다면

너희들의 인생이 강수진 씨의 인생과 다른 걸
절대로 결코 불평해서는 안 될 일이야.

연주자에게 있어
자신의 연주를
녹음하여
듣는다는 건

연주자에게 있어 자신의 연주를 녹음하여
다시 듣는 것만큼의 괴로운 일은 없다.

마치 그것은 형벌과도 같아 듣는 내내 절망과 좌절, 혹은 자책
등등과 비슷한 모든 낱말들을 다 나열해도 모자를 만큼의
엄청난 무게로 마음을 옭죈다.

단절된 공간.
철저하게 혼자가 되어 찰나에 지나가는 소리의 흔적을 잡아내어
고치고 또 고치는 작업.
더 빠르게 혹은 더 정확하게 백 번을 다시 친다 해도
혹은 자다 깨어 그 어느 순간에라도 언제든 피아노 앞에 앉는다면
최상의 소리로 마치 기계가 돌아가듯 자동적으로
완벽한 연주가 될 수 있도록.

그러나 그것만으로도 부족하다.
내 안의 모든 감정과 경험, 직·간접적인 지식과 지혜를 불어넣어
누군가에게는 눈물로 혹 누군가에게는 환희로, 기쁨으로
그렇게 의미 있는 소리의 나열이 될 수 있도록.

그에 대한 정답은 있는가?
그렇지 않다. 그러나 누구에게나 정당하다 이해받고 인정받기 위해서는
엄청난 분석과 연구가 필수적이다.
그렇지 않다면 그건 이미 '딴따라'로 치부 될 그저 그런 '소음'일 뿐.
엄연한 클래식이라 불리는 학문으로서의 음악
그야말로 예술이 될 순 없었을 테니까.

이 숨 막히는 작업.
매일매일 하루에도 몇 시간씩 독방에 갇힌 죄수처럼 혼자되어
소리와의 한판승부를 벌인들
쌀이 나오는 것도, 돈이 나오는 것도 아닌. 어찌 보면 그 허망한 길을
나는 그 누구의 강요도 없이 그렇게 그 길을 걸어가고 있다.

예술.
그 중에서도 음악.
그 안에서도 피아니스트.
그 이름으로 살아가는 것이 너무너무 버거워서, 힘들어서, 벗어나고 싶어서
갈수록 자신이 없고
초라함을 견딜 수 없고
스스로 용납 할 수 없어서.

다른 길을 걸어보겠노라
독한 마음을 먹고 도전해 본 적도 있음을 고백한다.

그러나
이미 나에게 등 돌린 혹은 식어버린 사랑에
순응하듯 굴복하여 언제나 그 품 밑으로 기어들고야마는
바람 빠진 '조강지처'처럼
그렇게 가여운 패잔병의 모습으로
다시 음악으로 돌아왔음을
그 어떤 방법으로도 음악을 버릴 수는 없었음을
벗어날 수 없었음을
이미 그러기엔 능력도 타이밍도 모두 다 잃었음을 겸허히 시인한다.

오늘도 나는
브람스와 사랑에 빠져들고
모차르트를 내 안에 초대하면서
이렇게 그들과 만나며 또한 사랑을 나누는 일이
더 이상 나에게 무거운 십자가나 견디기 힘든 형벌이 아닌
신나는 교제이고 설레는 사랑이 되길.

이제는 정말 그래주길
정말이지 간절히 바랐던 것 같다.

자승자강
自勝者强
평생 이루지
못한 소원

自勝者强
자신을 이기는 자가 스스로 가장 강한 사람이다.

내 귀가 허락하지 않는 소리를
사람들 앞에서 내지 말거라!

스스로가 부끄러운 연주를
남 앞에서 절대로 하지 말거라!

자신을 이길 준비가 되어있지 않을 때
절대로 무대로 나서지 말거라!

나 스스로 감동받지 못할 소리를 가지고
남들에게 감동을 강요하지 말거라!

이것이
평생을 이루지 못한 소원으로 살아가는
가슴 아픈 선배 피아니스트가
미래의 피아니스트들에게 피로써 쓰는 글이니
부디 잊지 말고 가슴에 새겨주길.

박수는
오롯이
관객의 몫

이미 굳어져
그 어떤 촉촉함도 이젠 스며들 수 없다며
그리 믿고 안심하던 내 마음에 떨어지는,
스미는 이 차가움, 불안함.

늘 광대는 웃어야 하는 것이거늘.
두꺼운 화장 속에 숨기는 아픔과 슬픔. 그를 넘어서는 불안함.
우스꽝스러운 제스처는 과장될수록
더욱 깊고 아픈 골을 품고 있음을.

살아남는다는 것.
그것이 그렇게 쉬운 일은 아니라는 것이 새삼스런 일도 아니다만.
슬픔의 노래 '비창'처럼.
슬픈 만큼 오히려 더 평온하게
나도 그렇게 무대 위로 오를 수 있다면 좋을 일이련만.

최고의 재능을 갖지 못했음에도
이 길을 굳이 꾸역꾸역 걸어가고 있음은
싫어도 벗어날 수 없는 '빙의' 마냥
그것은 나의 운명의 십자가이로되,
나의 이런 초라한 길이 결코 부끄럽지는 않음은
언제나 극한의 최선으로 오직 앞으로만 걸어갈 뿐이었으니.

바로 저 앞에 환한 무대가 보인다.
두렵지만 걸어 나가야 한다.
박수는 오롯이 관객의 몫.
광대는 그저 최선을 다해 재주를 부리면 그만인 것을.

이제는 그 모두를 내려놓으며
피안의 안식으로 그만 들고 싶다.

양量은 곧 질質을 생산한다

옛날에, 러시아에서 유학할 때
철학시간엔가 배운 말 같은데

러시아말도 썩 잘하지 못하던 때에,
게다가 우리말로 수업을 들어도 잘 못 알아들을
'철학'씩이나를 알아들어야 하느라
정말 애를 먹던 시절이었다.

그 어리바리 유학초년병 시절에 들었던 내용이라
자세한 배경까지 구구절절 설명하는 건 매우 어려우나
그 때 배운 내용 중에 철학의 법칙 중에 뭐 그런 게 있다더라.

양(volume, quantity)은 곧 질(quality)을 생산하는 거라는.

엄청난 양의 무언가는 곧 높은 질을 만들어 낸단다.

즉,
엄청나게 많은 연습은 좋은 연주를
엄청나게 많은 운동은 끝내주는 몸매를
엄청나게 많은 독서량은 눈부신 명석함,
혹은 현명함,
혹은 지혜로움을.

그러니까
불평을 걷고, 오늘도 엄청나게 무엇인가를 꿋꿋하게 해보자.

뭐라도 되겠지. 허망한 각오겠으나.

템포 루바토

rubato라는 음악용어가 있다.

작곡가가 연주자에게
일정의 선율을 박자와 템포에 구애받지 말고
아름답게 연주하라~!고 명령하는 음악의 나타냄 말이다.

이 루바토 연주의 공식 같은 게 있다면
선율의 일정부분의 박자를 당겼다면
나머지 부분은 늦추고 혹은 반대로 늦추었다면
나머지의 선율은 잡아당겨 제로섬(zero sum)을 맞추면
가장 아름답고 안정적으로 들린다는 것이다.

재미있게도 '루바토'라는 말은
이태리어로 '도둑맞다'라는 뜻이다.

하여
학생들에게 설명할 때
훔친 물건은 반드시 주인에게 되돌려 줘야 하듯
"당겨온 박자는 당겨온 만큼
그 템포를 되돌려주어 균형을 맞추어야 한다." 하고 설명하면
'가장 좋은 소통이자 설명이 된다'는.

인생도 템포 루바토~!처럼.
결국 합계는 제로일 뿐인 제로섬 게임.

뒤쳐져간다고 불안할 것도
앞서간다고 뿌듯할 일도
질투도 시기도 모두 부질없을
그저 그 자유로운 표현이 한없이 아름다울 뿐인,

템포 루바토(Tempo rubato).

굶어 죽은 젊은 예술가

향년 32세 요절한 시나리오 작가 최고은.
"남는 밥이랑 김치가 있으면 저희 집 문 좀 두들겨 달라."는 쪽지를 남기고
그는 지난 달 29일 경기도 안양시 석수동 월세집에서 이 세상을 떠났다.

모두가 말한다.
세상이 너무나 좋아졌다고.

그래.
그래 보인다.

요즘은 너무너무도 다양한 기술과 기계들의 이용이
남녀노소 모두에게 자연스러우며 또한 검색의 수단이 되고,
이름도 못 외울 신기한 기기들이 자고 일어나면
새로, 또 새로 쏟아져 나오는 것도 모자라
대부분 인간의 영역이 인공지능에게 넘어가,
바둑도 같이 두고(물론 대부분 인간이 패배한다만)
심지어 대화도, 사랑하기도 하는.
그런 신나는(?) 세상을 살아가고 있다.

그러나 모를 일이다.
스승의 권위를 스스로 떨어뜨리는 세상.
대학의 합격 가능 여부를 인터넷 카페 따위에서
학생들끼리 점치는 신기한 세상.
피해자보다 가해자의 인권이 더욱 보호받는 기상천외한 세상.

발전에 발전을 거듭하는 이 눈부신 세상 속에도
아직도 굶어 죽는 젊은 예술가가 있다.

놀랍지 않다, 그저 부끄러울 뿐.
그저 내 발등 앞에 저런 일이 벌어지지 않았음을
치사하지만
오직 하늘에 감사할 뿐.

예술.
가장 나약한 순간에 최대의 힘을 발휘해야만 하는 가장 잔인한 장르.
가장 고통스러운 순간에 생애의 걸작이 나오고야 마는 아이러니.

허나 그 고통의 끝에 즐기는 이들의 행복과 감동이 함께하니 이 어찌 기막힌 업보일까.
작고 추운 월세 방에서 세상이 알아주지 않았던 자신의 소중한 시나리오를
외롭게 홀로 안고 가야했던 32세 젊은 작가의 아팠던 생이 느껴진다.

소중했던 작품이기에 세상과 그리고 '밥'과 자신의 예술세계를 타협하지 않았던
젊은 작가의 뜨거웠던 예술가적 의협심도 보이는 듯하다.
"남는 밥이 있거든 우리 집 앞에 놔주세요."라는 수줍은 쪽지에서
젊은 예술가의 부끄러운 구걸, 그 애달픈 자존심도 눈에 선하다.
참으로 아까운 젊음이었다.

그러나 어찌되었건 나는 또 감사하련다.
사방이 막힌 독방에 미처 계절의 변화도 느끼지 못한 채 자아를 놓으려 애쓰며
스스로를 버리고, 그 안에 모차르트를, 베토벤을 채워 넣는 빙의를 평생 겪으며,
그렇게 아픔과 외로움 속에 살아가지만 사람들은 나로 인해 잠시나마
고되었던 마음을 놓을 수 있으니.

두꺼운 화장 속에 생의 모든 슬픔을 감추고 웃으며 살아가는 피에로처럼
나 또한 기꺼이 내 모든 것을 그저 안으로만 품어 감추고,
언제나 웃으며 사람 앞에 서야 하는
그 광대의 운명을, 그 가난하고 슬픈 운명을
오히려 축복의 통로라 여기고, 감사하며 짊어지려 한다.

고인의 명복을 빈다.

그리고

작가를 모르고 살아서 너무나 미안하고 죄송하다.

정확한 안단테의 범위

흔히들 '느리게'라고 알고 있는 '안단테'는
사실 원래의 본뜻은
'산책하듯 걷는 속도로'라는 뜻의 음악용어이다.

이태리어로 Andare. 걷다. 라는 동사에서 파생되어진 말로
템포를 나타내는 음악의 나타냄 말이다.
산책하듯 유유자적하며 걷는 속도가 결코 빠를 리는 없기에
실제로 안단테는 비교적 느리게 연주되어지는 것이 보통.

허나
각각의 성격과 취향이 모두 다르듯
걷는 속도인들 어찌 다 한결 같을 수 있을까.
같은 사람이 걸어도 어제와 오늘의 차이도 분명 있을 것인데.

하여
물 흐르듯 평온한 안정감 있는 템포이면 오케이.
사실 정확한 안단테의 범위는 없다.

그러니 같은 곡이라도 연주자의 성향과 취향에 따라
각기 다른 해석이 나오는 것일 뿐,
누가 옳다 그르다. 라는 잣대는
사실 매우 민감하며 예민한 부분이다.

하여
"안단테는 메트로놈 몇에 맞춰야 하나요.....???"
라고 수학적으로 물으면
"그때그때 달라요, 사람마다 달라요."

정확히는 나는 모르오.

너무 빨리 온 인생의 전성기

인생의 전성기가 너무 빨리 왔었다.

남들은 아직 시작하기도 전인데

다 가졌던 것 같은 스물아홉.

지금은 네가 뭘 알아. 하는 나이.

초심.

지금은 다시 꺼내기조차 무서운 뜨거움.

나는
피아니스트
송하영이다

화려한 무대만큼
딱 그만큼이나 반대로
어두운 무대 뒤의 대기실.

모두가 숨을 멈춘 듯
그렇게 어두운.
그 안에는 언제나 죽을 것 같은
긴장감이 흐른다.

어찌하여 이런 몹쓸 직업을 선택 하였을꼬.

허나 이 또한 내가 그토록 원하던
내 삶의 한 모습이니
그저 기뻐함으로 감사함으로
그렇게 받아들이며 체념할 밖에.

전투복을 챙겨 입듯 비장한 마음으로
화사한 드레스를 챙겨 입고,
내가 떨고 있는,
긴장하는 딱 그만큼
오히려 방긋 웃는 미소를 얼굴에 담는다.

저 무대 앞에는
숨을 죽인 관객 여러분들이 앉아 있을 것이며
그 관객이 바라는 건
내 긴장하고 당황하며 머뭇거리는 모습이 아닌,
프로다운 아름다운 모습과
의연하고 멋진 피아니스트로서의 모습,
그리고 정성을 다한 연주.
그로인해 마음이 움직여질 감동.
바로 그것들 일테니까.

이제 문이 열린다.
나는 저 문 밖을 나설 것이다.

저 문을 지나고 나면
어두운 대기실에선 찾아 볼 수조차 없었던
환한 조명과 따뜻한 환호.
그리고 관객의 기대와 사랑이
모두 어우러진
그 벅찬 무대를 만날 것이다.

나는 피아니스트다.
나는 송하영이다.

Ⅱ. 삶의 미로에서 사랑을 찾다

책으로 배운 사랑

어릴 때, 사랑에 관련된 문학 작품들을 읽으며
사랑이란 것에 대한 막연한 상상을 했었던 기억이 난다.

뭘까. 무얼까. 상상하다 보면 책 속에 흔히 나오는 사랑에 관한 서술.
이를테면, 우애의 약속, 넘치는.
하여 보장 받은 듯한 행복 같은 약속의 말들이
아련한 불확실성 안에서나마 어렴풋이 이해되는
그 간지러운 느낌에 내 인생에도 마침내 다가올 그 사랑이란 것을
기다리느라 잠을 못 이룰 지경이었다.

그렇게 읽고 또 읽어 내려갔던 책들은 고스란히 내 삶에 녹아들어
세상을 바라보는 나의 시각을 세상을 살아가는 나의 태도와 각오를
아름답게 지켜줬던 거라 그렇게 나 스스로는 믿고 있다.

책과 영화보기를 즐겨하는 나는 언제나 서점에 들러
이런저런 책들을 고르며 내 젊은 날의 혹은 사춘기 시절의 감성을
다시 찾아 나서는 걸 매우 좋아하는데
요즘의 서점에서는 그런 나의 젊은 날의 감성을 찾기란 매우 어렵다.

제목마저도 천박한 가볍기 그지없는 자기개발서.
정말 기가 막히도록 어이가 없었던 건,
아주 많이 오래된 책이긴 하지만,
성공하려면 누구, 누구처럼 아침잠을 줄이라고 주장했던
"아침 형 인간" 어쩌구.

세상이 이렇듯 저마다 약삭빠른 속물이 되라고 외쳐대고
그렇지 못한 당신은 낙오자이며 패배자일 뿐이라고
허락받지도 않은 조소와 비웃음을 내 인생을 향해 던질 때.
그래도 이런 작은 기억 속 한 조각의 나에 대한 믿음이
힘들고 더디게 걸어가는 하루하루이지만
그 길이 결코 비뚤어지진 않았다. 라는 확고한 '자부심'인 것 같다.

김춘수의
꽃이라는 시

김춘수의 '꽃'이라는 시가 있다.

아름다운 시라고만 생각했는데
곱씹어 되뇌어보니
좀 무서운 면도 있는 시였다.

누군가 나를 의미 있게 호명할 때만이
그에게 비로소 꽃이 되는 나는
그렇지 않을 때에는
그저 한낱 몸짓에 불과한 존재.

너는 나에게 나는 너에게
잊혀 지지 않는 의미가 되기 위해서는
서로가 정성스레 호명을 하는 그 절차가 필요한 것.

하여
그 절차가 선행되지 않는다면
제 아무리 예쁜 꽃이라도
그저 의미 없는 하나의 몸짓에 불과하다.

내가 너를 부르지 않았음에
부디 너도 나의 꽃이 되려 하지는 말아 달라는
시인의 정서는 꽃이고자 하였던 걸까
아님
그저 조용히 곁에서 지켜보는 '무의미' 이고 싶었던 걸까.

화양연화
花樣年華

인생의 가장
아름답고
행복한 시절

사계절이 뚜렷한 우리나라와는 반대로 허울만 사계절일 뿐,
길고 혹독한 겨울, 그리고 뜨겁고 지루한 여름.
이렇게 사실상 두 계절만을 가지고 있는
나라가 대부분인 유럽에는 '인디언 썸머'라는 사잇계절이 있다.

길고 괴로운 겨울이 깊어지기 전
어느 늦은 가을의 한 중심에 자리한 이 계절은
한 2, 3주 가량 따뜻하고,
황홀한 날씨를 사람들에게 선물하곤 하는데

길고, 추운 겨울을 잘 견디어 내라는 하늘의 배려이자 위로 같아
날씨만큼이나 기분마저도 잠시나마 행복하고, 황홀하게 되는
인디언 썸머.

사람의 인생에도
이런 인디언 썸머가 있다면 얼마나 좋을까?

인생의 절정이라는 40대.
젊은 혈기와 더불어 어느 정도의 연륜과 경륜,
삶의 지혜와 여유가 젊은이들보다 많아 중후하며
어르신들보다는 신체적 정신적으로 젊고,
아직 건장한 청년의 패기도 두루 갖추고 있어
그야말로 더없이 완벽하다는 인생의 황금기.

허나 실상의 40대 중반의 모습이란.
앞만 보고 정신없이 달려온 20대의 희생에 무색한 현실.

많은 경험과 적당한 연륜에도 불구하고
아직도 모르고, 자신 없는 일투성이며
보이지 않는 미래여서 불안했을망정 꿈꿀 수 있었던
20대와는 달리 꿈조차 불허한 정해진 인생의 진로.

뜨겁고 아름다웠던 사랑의 초라한 실체.

무지개 너머에 존재할거라 믿었던
자장가에서나 들었음직한 "some where over the rainbow"처럼
그 아름다운 땅을 찾아 정신없이 달려 왔건만 정작 힘들게 무지개를 넘어와
마주한 그 땅은 역시나 광활하기 그지없는 척박한 땅.

이것이 내 인생의 황금기라고 감사하며 인정하고 받아들이기에는
조금은 실망스러운 것이 정도의 차이는 있을망정
모든 40대 황금기의 사람들이 느끼는 절망일거라 생각한다.

우리가 인생의 황혼에 접어들기 전에
우리의 인생에도 인디언 썸머가 와주길 기원한다.

모두 다 끝났다고 생각한 그 순간에 기적처럼 영화처럼
다시 한번 절호의 기회가 와 주길.

식었다 생각했던 그 뜨거운 열정이 광활하기 그지없었던 그 척박한 땅에서
아름답지만, 작은 오아시스처럼 나타나 주길.

그렇게 잠시라도 황홀한,
그리고 따스한 봄이 떠나가는 우리의 젊음을 축복으로 위로해주길.

인디언 썸머.
꼭 나에게 와 줄 거라 믿는다.

그 때를 위해 언제나 눈을 맑게 뜨고 정신을 바짝 차리며 기다려야 하겠다.

언제 왔다가 지나갔는지도 모르게
그렇게 허망이 놓쳐버리지 않게
다시 한 번 내 인생의 절정을 만끽할 수 있기를.

거저 얻는 축복은 없다

집권층의 부유는
빈곤층의 엄청난 희생으로
이루어진다.

평소 그림이나 사진으로 영감을 많이 얻는 편이다.
신문을 훑어 보던 중 마주한 저 사진은 정말이지 강렬했다는.

천칭을 들고 있는 저 거대한 여인을
떠받치는 앙상한 사내의 고단함은
천칭으로 대변되는 '집권층'의 모습과
거대함으로 표현되는 '부유함'
또한 앙상함으로 나타나는
그 '고단한 착취의 모습'이 고스란히 담겨 있다.

그러나
내가 주목하는 것은 꼭 사회적 계층의 갈등이나
정치적 메시지가 아닌 '관계'의 철학이랄까.

사랑하는 사이에서도
더 많이 사랑하는 자, 그리고 사랑을 받음에만 익숙한 자가 있고

함께 일을 하는 관계에서도
더 많이 주도적으로 일을 하는 사람과
그 혜택을 받아먹는 피동적, 수동적 인간이 관계(조직)안에 있게 마련.

누군가 행복을 느끼고 있다면
혹 당신이 지금 안락한 삶을 가슴 벅차게 누리고 있는 중이라면

그것은 그저 하늘이 값없이 내려주신 축복이 아닌
앙상하리만큼 메마르도록 고단한
누군가의 희생 혹은 긍휼, 배려와 나눔
그리고 배품과 사랑에 있음을 오직 감사할 일인 것이다.

처절하리만큼 강렬한 저 사진으로
혹자는 계층 간의 갈등에 주목할 것이나
그저 예술을 업으로 삼는 나는
저 앙상한 사내의 그 고단한 사랑, 혹은 희생이
괜히 가슴 아리도록 아름다웠을 뿐.

거저 이루어지는 것, 값없이 주어지는 축복이란
따라서 없음이 마땅한 것이리라는 것.

선으로 악을 이기라

아무에게도 악을 악으로 갚지 말고,
모든 사람 앞에서 선한 일을 도모하라.
할 수 있거든 너희로서는 모든 사람으로 더불어 화평하라.
내 사랑하는 자들아.
너희가 친히 원수를 갚지 말고, 진노하심에 맡기라.
기록 되었으되, 원수 갚는 것이 내게 있으니
내가 대신 갚으리라고 주께서 말씀하시니라.
...
그러므로 너희는 악에게 지지 말고, 선으로 악을 이기라!!!!!

갑자기 너무나 차가워진 마음이
스스로도 서늘하여 다시 꺼내들은 성경책.

그 중에서도 전부터 내가 제일 좋아하는 구절들 중 하나.

로마서 12장 17절~21절.
그 어떤 서운한 일도, 억울한 일도, 가슴 아픈 일도
내가 머리 써서 애 쓸 필요 없이,
발버둥 치며 극복하려할 필요 없이,
그저 착하고 선하게 최선을 다해 살아가다보면
주님이 친히 진노하심으로 내 원수를 대신 갚아주신단다.

책과 영화보기를 즐겨하는 나이지만
이처럼 감동적인 사랑의 완성은
이처럼 완벽한 사랑의고백은 그 어느 문학작품에서도
그 어떤 영화 속에서도 만나본적 없음을 고백 할 수밖에.
(만일 세상에 어느 남성이 내게 당신은 그저 우아하고 아름답게
당신의 자리에서 최선을 다하시오. 그럼 내 친히 이 목숨을 다하여
당신을 지켜 주겠소. 라고 고백한다면, 그 사람이 문둥병에
초등학교 졸업자라 하여도 난 그의 사랑을 받아 들였을 것이다.)

지성이면 감천이라
하늘이 감동하는데 안 이루어지는 일이 하늘아래 어디 있을까.

그러나
이 또한 미션 임파써블처럼
하늘을 감동시키는 일이
말처럼 쉬운 일은 아닐 터.

허나
이런 일 저런 일들을 돌이키고 되새길 때
가슴 아프게
또한 억울하게, 서운하게, 지난 일들 있다면
저 말씀을 위로삼아
그저 이를 악물고
악에게 맥없이 지지 않고 선으로 그 악을 넘어서기를 기도할밖에.

목이 아파 자주 마시는 생강차.
그 찻잔 속에 서리는 많은 기억들.
호~ 하고 불어 김을 없애듯
그렇게 바람에 날리며

지금부터 내 남은 인생의 모든 날들을 그 분 앞에 겸허히 내려놓는다.
언제나 공들여 애쓰던
다잡으려 안간힘 쓰던 하루하루
나보다 더 훌륭히 채워주시리라 믿어 의심치 않으며

그리고
다정히 불러주시던
"내 사랑하는 자들아"
그 안에 나도 꼬옥 잊지 않고 기억해주시기도.

사랑 없이 살 수 있나요

사랑은 죽음보다 강하고. 라는 말이 '내가 사랑하는 책'에 있다.

죽음보다 깊은 사랑.
생명도 아깝지 않게 내 놓을 수 있는 죽음 보다 더 깊은 그 사랑을
나는 어제 보다 오늘, 그리고 내일 더욱 신뢰하고 싶다.

받기보단 주는 것으로 더욱 깊어지는 것.
못해준 것만 기억나는 그 사랑은
생과 사의 다름과 같이 명확하여
그 어떤 흔들림마저도 허용치 않는 견고함, 그 자체.

남은 내 여생도 세상을 향해
내가 가진 모든 것을 털어 베풀 그 사랑을
부디 남기고 갈 수 있기를 간절히 바란다.
그리하여 언젠가 먼 훗날 내가 이생을 떠나는 그 길에
작지만, 진주같이 빛나는 예쁜 사리하나 쯤은
세상에 고이 남기고 갈 수 있었으면 하고 바란다.

사람이 사랑 없이 살 수 있나요.
아니다.
사람은 사랑 없이 살 수 없다.
사랑해야 한다.

악한 사람들의 사랑
VS.
선한 사람들의 사랑

악한 사람들의 사랑은
스스로 불결하여 불행하고

선한 사람들의 사랑은
세상이 혼탁하여 아플 뿐이니

사랑은 어쩌면
가장 아름다움의 위장을 한
가장 아픈 신의 형벌일지도.

예쁘고 착한 여자는 나쁘다

예쁜 여자는 반드시 착하다.
그들을 향해 세상은 늘 호의적이었으므로
그들은 못된 걸 배울 틈이 없었고
언제나 친절한 세상을 향해 굳이 패악을 부릴 이유도 없다.

그러나 예쁘고 착한 여자는 좋은 여자이기 매우 어렵다.
아니 그들은 대부분의 순간, 나쁜 여자다.
그들의 선의는 왜곡되기 쉽고
그들의 호의는 반드시 오해를 불러일으키기에
어느 순간 의도치 않은 착각을, 오해를
뜻하지 않은 순간 어느 선한 이의 가슴에
지울 수 없는 깊은 상처를 남기기도 한다.

만들지도 않은 어장이 스스로 형성되고
키우지도 않은 물고기들이
너도나도 제 발로 그 어장에 뛰어들었건만
어느새 관리인은 쥐도 새도 모르게
그들이 되어버리고 마는 기상천외한 일도 비일비재.

세상은 늘 호의적인 대신,
그들을 그저 착하기만 하도록 결코 허락하지 않는다.
그들의 의도와는 전혀 관계없이
그들은 늘 나쁘다.

하물며 사랑

특별할 것 없는
평범한 일상의 삶을 살아가는 데에도
그저 밥 벌어먹고 살고자
싫어하든,
혹은 좋아하는 일을 하는 데에도
모두 어느 정도는 오롯이
그 삶과 일에 미쳐야만 성공할 수 있다고 본다.

하물며 사랑이랴.

미친 자들만이 사랑할 수 있다.
미친 자들만이 생의 맛을 안다.

나는 과연 미칠 수 있을까.
아니.
미칠 수 없을 것 같다.

미치지 않고는 생의 맛을 알 수 없을까.
대가를 지불하지 않는 한,
삶은 그 어느 것도 가르쳐 주지 않는다.

나는 미칠 수 없다.
그러므로 나는 사랑할 수 없다.
고로
나는 살 수 없다

사랑하지 않는 한, 결코 사는 것이 아니다.

사랑하지 않을 권리

우리는 모두 누군가를 사랑할 권리를 갖는다.
그렇다면 우리에겐
누군가를 더 이상 사랑하지 않을 권리는 없는 것일까?

사랑하여 곁을 지킬 의무.
그리고
더 이상 사랑하지 않아 떠나도 좋은 권리.

더 이상 내 곁을 지키지 않는 사랑이라고
미워할 이유는 없다.
지나간 사랑을 탓하지 말자.

그저 감사하면 그만일 뿐이다.

내 인생의 한 때를 행복하게 살게 해 주었음에.
그리고
그 남겨준 기적 같이 예쁜 추억만으로도.

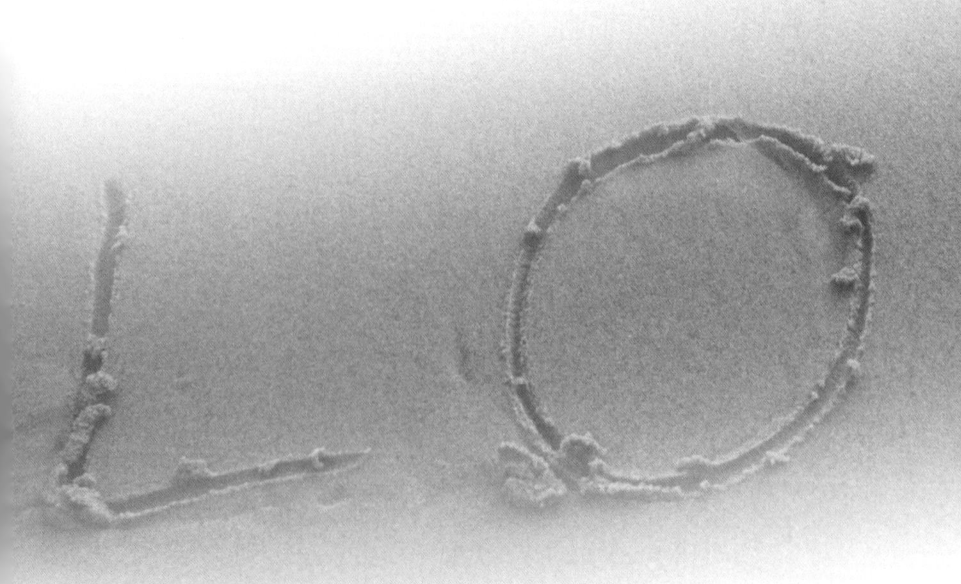

타인의 아픔

세상 가장 큰 고통 중 단연 제일을 꼽으라면
아마 '산통'이지 않을까.

새 생명을 세상에 내어 놓는다는 것은
제 살을 찢는 고통을 거치지 않고서야
결코 가능하지 않은 일이니.

허나
생명의 경이에는 산모의 고통만 존재하는 것은 아니다.
좁은 생명의 통로를 뚫고 나와야 하는
가녀린 아가의 고통 또한 온 몸이 부서지는 아픔일 터.

하여 우리는 어떠한 경우라도
타인의 아픔에 매우 민감할 필요가 있다.

내 살이 찢어지는 듯, 그 고통의 이면에는
'말하지 못하는',
'말조차 할 수 없는 이'의 아픔이
반드시 공존하기 때문이니.

쿨하다는 것

쿨하다. 라는 것은 멋있다.
나 외엔 결코 다른 신경 따윈 쓰지 않겠다는 것.
혹은 상황과 상대를 있는 그대로 그저 인정해 버린다는 것.
그것은 어쩌면 매우 어려운 일이며
그 어려운 걸 해냈으니 당연히 얼마나 멋지겠냐마는.

그러나
쿨하다는 건 내 생각엔
그저 예상되는 뻔한 상처가 두렵고
감내해야 할 상황이 버거워
스스로 무디게 마취시켜버리는 그저 삶의 한 편법이지 싶다.

아파도 갈 데까지 가보는 것.

끝까지 해보는 것.

끝날 때까지 결코 포기하지 않는 것.

절대 모른 체, 못 본 척 하지 않는 것.

불가능해 보여도 그럼에도 다시 매달려보는 것 등이

다소 무모하고 찌질해 보여도
오히려 살아가는 정수, 정공, 내지는 정면 돌파이지 싶다.

매순간 정면 돌파하는 고달픈 지질한 삶을
굳이 누가 뭐래도 욕먹어가며 걸어가는 것.

그것도 어쩌면 쿨한 것일지도 모르지만.

플라톤의 향연.

희대의 그리스의 철학자들이 술과 함께 논했다는,
아니 읊었다는, 아니 노래한 것만 같은
심포지엄은 원래 술을 마신다. 라는 그리스어였단다.

궁극의 아름다움에 도달하고자 하는
인간의 노력으로서의 사랑이라 하는 것이
애초에 가당키나 한 것일까.

How to live.
How to love.

지혜와 덕을 사모하여 완성될 아름다움을 갈망하여
결국엔 정신적 불멸마저 꿈꾸는
터무니없는 이 티끌 같은 인간들의
애당초 가당치도 않을 안간힘, 사랑 그 놈.

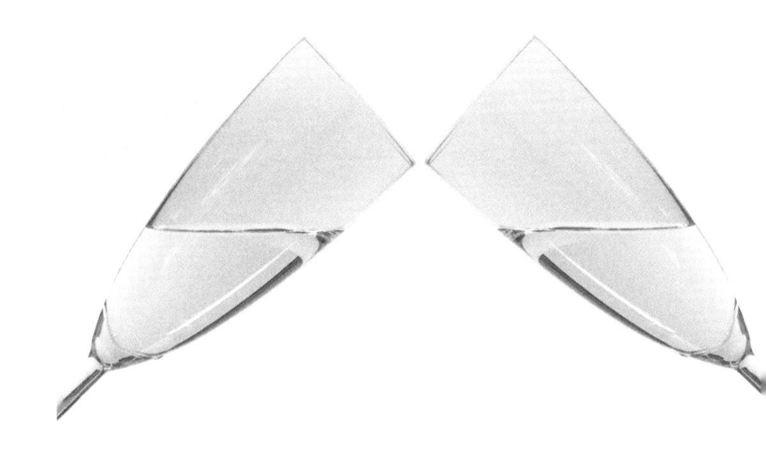

사랑을 잘 못 배웠다

언젠가 오래 전.
그럼에도 불구하고 사랑해야 한다. 라는 나의 말에
어떤 지인은
어쩌면 너와 내가 사랑을 잘 못 배운 것일지도 모른다. 는 말로
위로해 준 적이 있다.

이제 더 이상 순수한 정신적 행위로서의 사랑은
아무 의미조차 없다.

아주 대놓고 하느냐,
그나마 핑계라도 만들어 스스로의 속물적 자본주의 근성에
면죄부라도 만들어 놓느냐. 의 얄팍한 차이이니,
어쩌면 그 핑계가
어줍지 않은 양심과 정의로 둔갑하기도 함이다.

인간이 할 수 있는 가장 숭고한 정신적 행위로서의 사랑은
자본이라는 전신갑주의 갑옷을 입을 때,
비로소 가장 강력하고 완벽한,
심지어 아름다운 사랑으로 거듭나고 만다. 는
이 명제는 더 이상 누구에게도 아프거나 슬프지 않다.

오히려
그럼에도 불구하고
깨끗한 마음의 숭고한 사랑을 꿈꾸기에
안락한 현실의 사랑이 불행해지고야마는
이 지극한 아이러니, 그리고 딜레마.

첫 눈에 반하는 사랑

'첫 눈에 반하는 사랑'은
듣기에 일면 매우 로맨틱하나 이처럼 위험한 일도 없다.

이를테면
공부를 매우 못하는 전교 꼴등 학생이
갑자기 마음을 고쳐먹고
나는 내일부터 엄청 열심히 공부해서
서울대를 가고야 말거야. 라고 말을 한다면
이 말은 실현하기 매우 어려울망정 아주 불가능한 일은 아니다만

취향, 그리고 성격, 인품 등이 나쁜 인간이
나는 내일부터 당장, 완전 깊은 인품과 고급스런 취향,
그리고 좋은 성격을 가질 거야. 라고 말을 한다 한들
이게 가당키나 할까.

하루아침에 만들어지는 것도 아닐뿐더러
거지같은 취향, 성격, 인품을 가진 자가
스스로의 그것이 형편없음을 자각한다는 것도 애당초 불가능한 일.

비단 스스로 자각하기만 어려우랴.
타인이 어떤 이의 인품과 성격, 취향을 알아가는 데에도
실은 오랜 시간이 필요한데 첫 눈에 반하다니, 감히, 겁도 없이.

따라서 매력 있는 옷차림, 화술, 그리고 얼굴, 외모 등을
가꾸고 꾸미는 일은 어쩌면 고도의,
혹은 고차원의 '사기 기술' 이지 않을까 하는 생각.

58
60
L.
-grot.ta
brut . ta
tr
L.
.sto
L.
pur . chè...
7
p
L.
quel

Ⅲ. 역사 속 예술 천재들의 이야기

귀가 아닌 가슴으로 들어보는 클래식 음악 감상

음악 감상은 어떻게 하는 걸까

음악 감상은 어떻게 해야 하는 걸까?
우리 같은 전문 음악인들이야 음악을 감상하진 않는다.
완전 해부하며, 분석하며 귀를 쫑긋 세워
선율하나, 음표하나, 놓치지 않고 들으려 악보를 펼친 채
연필을 부여잡고 초집중을 하고 듣기에 그런 들음의 행위는
'감상'이란 표현을 쓰기엔 어폐가 있다.

감상.
음악을 느끼고 즐기는 행위로서의 감상은
나로서는 해 본 적이 없으므로 사실 감상을 어찌해야 잘하는
감상일지 잘은 모르겠으나 전문 음악인이 아닌 그저 애호가들의
감상이라 함은 머리가 아닌 가슴으로 들어야 맞는 것 아닐까?

어떤 음악을 듣고서 아련한 기억이 떠오른다든지
혹은 가슴깊이 기억되는 영화의 한 장면이 떠올라
그로인해 마음이 동하는 것.
그것이 그저 올바른 감상이 아닐까.
감동, 감화라 함은 머리가 아닌
가슴이 동하여 느껴지는 일련의 감정들이니까.

허나
때때로 음악애호가들의 말은 너무도 어려워서
평생을 음악공부를 해온 나조차도 알아들을 수 없는,
혹은 동의 할 수 없는 온갖 난해한 말들이 난무한다.
어렵다. 사전에 나온 감상의 뜻처럼
예술의 아름다움을 느끼고 만끽하는 행위로서의 감상.
하여 여러분의 몫은 '채점'이 아닌 '감상'.

하여.
약은 약사에게 진료는 의사에게.
감상은 애호가가 평가는 전문가가!

조선의 신여성 탐방

조선의 신여성 탐방이 무척이나 흥미롭다.
유복한 집안의 여류 화가로 불같은 자유연애를 불사하였으나
음란마녀로 낙인찍혀 결국 그 주홍글씨를 가슴에 품은 채
무일푼 행려병자로 세상을 떠났다던 나혜석.

목사의 딸이었으나 10대에 천애고아가 되어 불같은 뜨거운 사랑,
그러나 두 번의 결혼과 두 번의 동거 모두 실패하여
결국 수덕사의 비구니로 생을 보냈던 김일엽.

그리고 독립열사 김마리아, 목이 길어 슬펐던
사슴을 노래한(친일이라는 평도 있음) 노천명,

한국 최초의 여성장관(역시 친일이라는 평도 있음) 임영신,
마지막으로 한국인 최초의 소프라노 윤심덕 등.
1920년대 아직 조선일적 여성들이나 행보만큼은
지금의 시각으로도 이보다 더 개방적일 수는 없을 듯.

그 중 조선인 1호 동경음대 출신으로 한국 최초의 소프라노였으나
순수 클래식 음악가의 길이 너무도 가난하여 어쩔 수 없이
'사의 찬미'라는 한국 최초 가요를 부를 수밖에 없었으며
이 후 자연스레 대중문화에 종사, 배우의 길을 걷기도 하였으나
연기에 재능은 없었던 고로 결국 연예인으로서는 실패에 이르렀다는
소프라노 윤심덕의 '현해탄 연락선의 정사'(연인과의 동반자살)가
그냥 가슴에 많이 남는다.

모두 유복했으며 넘치는 재능을 지닌 아름다운 여성들이었으나
사랑, 그 사랑을 극복하지 못하여 끝내는 쓸쓸한 마지막을 감내해야
했던 여인들. 자유연애의 신 정조관념을 주장하던 앞서갔던 그 여성들,
그녀들에게 사랑은 진정한 자유였을까?
혹은 지울 수 없는 주홍글씨만을 새겨준 족쇄였을까?

사람은 사랑해야 할까.
그럼에도 불구하고 사람은 사랑해야 할까.

소나타 속 멜로디 돌려막기

흔히들 알고 있는 '소나타' 라는 것은 자동차 이름도 아니고
곡의 제목도 아니고 작곡 된 '형식'을 일컬음이다.

소나타는 아무 곡에나 심심하여 붙이는 이름이 아니라
'소나타' 라는 작곡의 격식과 형식을 완벽히 갖추고
곡이 만들어져야 만이 비로소 '소나타'가 되는 것.

소나타의 형식은 일단 주제를 보여주는 도입부.

그 주제가 아름답게 또는 화려하게 변주되어지거나
혹은 전조가 되어 곡의 흐름을 절정으로 끌어올리는 발전부.

그리고 다시 곡의 흐름을 원점으로 돌려 결론을 짓는 재현부

그리고 매듭을 짓는 종결부.

이렇게 작곡되어지지 않으면 제아무리 어떤 곡이라도
'소나타'라는 이름을 얻을 수는 없는 것이다.

하여
어쩔 수 없이 하나, 혹은 두개의 주제가 조를 바꾸던
혹은 변형이 되어 변주가 되던
자주 반복하여 등장 할 수밖에 없는데
그것은 창작할만한 악상이 모자라서가 아니라
그렇게 작곡하여야만 하는 거니까.
그래야 완벽한 소나타의 형식이 되는 거니까.

글을 쓸데도 기, 승, 전, 결이 있으나.
모두 하나의 주제를 관통하여야만 하듯이
음악이라고 다를 리 있을까.

주제가 너무 많은 건
중구난방의 다름에 지나지 않는 것을.

헌데
나는 어제 모차르트 소나타를 들으시던
어떤 애호가 분께서 "모차르트도 참 나쁜 놈이다"라는
소중한 고견(?)을 들었다는.

자꾸만 반복되는 악상이
아마도 쓸 게 없어서 멜로디를 돌려막은 것 같다.
라는 것이다.

오! 쿼바디스!

과학애호가
수학애호가라는 말이 존재하지 않듯,
'애호가'라는 말은
오로지 예술의 분야에만 존재한다.

마찬가지로
비전문가가 '애호가'라는 이름을 빌어
전문가와 맞짱을 뜨려하는 분야도
이 예술밖에 없을 것.

좋은 건지 나쁜 건지는 각자의 생각이로되
이 바닥도 그리 날로 먹는 분야는
아님만은 꼭 알아주었으면.

내 사랑 베토벤

당신은 어떤 때 짝사랑에 빠져드는가.

나의 경우는 어떤 사람에 대해 관심을 갖게 되어
그 사람을 자꾸만 알아갈 때
그의 이런저런 모습들을 여러 경로를 통해 알아가게 되고
그럼으로 그 사람을 더 이해하게 되고
그리하여 존경과 경외가 되었건, 동정과 연민이 되었건
어쨌거나 호감을 갖게 되고
그 호감이라는 것의 기간이 길어지면 길어질수록에
호감이 사랑으로 무르익어
허락도 받지 못한 외사랑의 그 기나긴 아픔의 시간이 시작되더라.

하여 짝사랑은
그 사람에 대해 알 수 있는 자료가 많은 사람이
대상이 되는 경우가 많은데
그러다보니 연예인처럼 유명인사거나
역사적 인물인 경우가 많다는.

요즘 나는 베토벤을 사랑하게 되었다.
흔히 피아노 음악에 있어,
바흐의 평균율이 구약이라면
베토벤의 피아노 소나타가 신약이라며 깊게 든,
아님 그냥 악보만 익히는 수준이든
모든 곡을 공부하기를 요구받곤 하는데
평균율은 말할 것도 없거니와
베토벤 소나타만도 32곡이나 되니
그 많은 곡들을 한 번씩 다 공부한다는 것이
그리 쉬운 일만은 아니어서
어릴 때부터 한 곡이 끝나면
또 다른 곡으로 바꿔가며
늘 공부할 수밖에 없었던.

늘 그의 곡을 접하다보니,
늘 그를 생각하게 되었고
또 요즘처럼 글을 쓰느라 이런저런 문헌들을 찾다보니
그의 인생이 보이고
이랬다더라. 저랬다더라. 하는 가십거리마저 읽고 나니
그의 아픔이, 또 왜 그랬는지가 이해가 가기 시작하고
그러다보니 그의 모습 속에 내 모습도 보이기 시작했고
그러다보니 그도 나만큼 힘들었을까. 하는 생각에 또 동병상련도 느끼게 되고
그러면서 그가 남긴 곡들을 들으니 더욱 깊은 감동이.

똑같이 아프고 힘들며 외로운 인생이건만
나에게는 그와 같은 재능은 눈을 씻고 찾아봐도 없는 것이 또 서럽고
하여 신이 그저 원망스럽고.

그도 가끔은 나와 같은 심정으로
신을 원망하여 괴로워했다는 문헌들을 접하면
그게 그렇게 또 동질감을 느끼게도 되는 반면,
또한 엄청나게 질투도 되더라는.

그러나 그는 어쨌거나 현세의 사람이 아니어서
내가 아무리 그를 애타게 사랑한다하여도 결코 만날 수는 없으니
애꿎게 자꾸만 찾아 듣게 되는 그의 작품으로
그를 느끼고
그를 상상하며
또한 절대로 함께 할 수는 없음에 아프기도 하고
그 아픔이 마냥 허망하기도 하다.

베토벤의 곡에는
원래 제목이 없다

베토벤 피아노 콘체르토 5번 '황제'

베토벤의 마지막 피아노 콘체르토 5번의 1악장.
베토벤은 고전음악의 절정을 이룬 음악가이자
서양의 클래식 음악 역사에서 마저도
아마 가장 중요한 위치를 차지하는 음악가 중 하나 일 것.

개인적으로는
그의 단 하루도 행복해 보이는 날 없어 보이는 외로웠던,
그 쓸쓸한 일생에 무한한 동정과 연민을 느끼며,
하여 그의 작품 하나하나에 매우 소중한 의미를 부여하곤 하는데
베토벤은 고전의 작곡가이므로 곡에 제목이 없다.

하여, 그의 모든 작품의 제목들은 후세의 사람들이
그냥 느낌이나 감상에 맞게 선물해 준 경우가 대부분으로
이 곡의 명칭인 '황제'도 사실은 베토벤의 의사와는 무관한
그저 대중들의 애칭인 셈.

나는 이 곡의 1악장을 소름끼칠 만큼 사랑하는데 말이다.
이유는 그 독특한 시작에 있다.
대부분의 협주곡이 소나타 형식이므로
도입부, 발전부, 재현부, 코다의 형식을 고수하는 반면,
이 곡은 보란 듯이 시작부터 이미 기선을 제압하듯
뜬금없이 카덴차로 시작한다.

마치 "나는 너희들과는 좀 달라" 하는 듯한?
도도함, 콧대 높음, 혹은 뭐랄까.
약간은 세상의 만물을 모두 경시하는 듯한 분에 넘치는 자기애,
혹은 자부심 같은 것이랄까.

이후 곡은 시종일관 당당한 듯 느껴지는 화성과
화려한 기교를 요구하는 프레이즈의 일색으로
시종일관 고고함과 화려함을 유지하는데

이 곡이 만들어진 1809년의 베토벤으로 말할 것 같으면
이미 청력을 상실할 대로 상실하였으며 죽음(1827년)과
그리 멀지 않은 시점에 존재하므로, 건강 또한 썩 좋지는 않은 상황이라고 예측.

그럼에도 불구하고, 느껴지는 기백이
오히려 너무도 하늘을 찌를 듯하여 오히려 조금은 안쓰럽기도 한.

개인적인 생각으로는 사랑을 해보지 않은 사람이 사랑에 대하여,
결혼을 아직 안 해 본 사람이 결혼에 대하여 환상을 갖듯
이미 청력을 잃은 거장의 마음의 귀에는 이 세상 추악한 소리는 모두 사라지고
환상의, 그 이상적인 천상의 울림과 영감만이 남았던 건 아닐까하는 생각.

2악장은,

내가 알고 있는 클래식의 피아노 작품 중
가장 뛰어나다 평가하고 싶은 몇 안 되는 곡 중 하나.
베토벤의 피아노 콘체르토 5번의 2악장.
절대로 타협할 수 없는, 양보할 수 없는.
그리하여 절대로 퉁~!칠 수 없는 절대적 아름다움에 대한
고고하고 도도하며 꼿꼿하여
그 어떤 세파와 절망에도 요지부동일 것만 같은
그런 숭고한 마음이 그려지는 것 같아서
정말 '황제'라는 제목과도 너무도 잘 어울리거든.

하여 생활이 피폐하여
스스로 위기감이 내 일상을 지배할 때마다 꺼내어 들어보는 곡.
나 또한 그 무엇에라도 꺾이거나 지지말자. 라는
다소 격앙된 각오가 너무 거칠거나 혹은 너무 비장하지 않게
그냥 아름답고, 담담하게 내 가슴에 새겨지는 것 같거든.

베토벤의 마지막 말,
그래야만 하는가

베토벤의 마지막 작품이라는
현악 4중주의 마지막 악장 4악장.

폭군과도 같았던 아버지와 극심한 우울증을 앓았던
어머니 사이에서의 삼형제중 장남이었다던 그는
늘 무언가를 갈망하는 마음을 해소하지 못하여
눈물을 멈추지 못하는 어머니를 어린 시절 내내 애처로워하다가
결국 일찍 어머니를 떠나보내고,
폭군과도 같았던 아버지의 공포와도 같은 양육을 견디며
동생들을 돌보아야 했으며,
뛰어났던 재능으로 본의 아니게 어려서부터 그 재능을 팔아
생계를 책임지는 가장의 역할을 도맡았어야만 하였다.

가난하였으나 돈과 권력 앞에 굽히기 싫어했던 그는,
안정된 교회나 궁정의 소속음악가가 되기를 거부하며
가난한 음악가의 길을 독립적으로 스스로 걸었으며
당장의 생활이 어려워 전전긍긍하는 날도 부지기수.
그러나 누구에게 도움을 요청하기도 어려웠던
'외로운 스타'였기도 했다.

언제나 따뜻한 사랑을 갈망하였으나
그에게 사랑은 어쩌면 사치 같은 것일지도 모를 일.

그저 오는 대로 사랑하고, 가는대로 그 사랑을 보내기도 하였으며
그런 와중에 정직하고 솔직한 마음으로 여인을 대하기도,
혹은 매정하게 내치기도 하였을 터.

단 하나 사랑하였던 목숨과도 같았던 '불멸의 그녀'는
끝내 친동생의 아내가 되어 살아가며 그의 가슴을 아프게 하였고,
매일매일 제수로 만나야 하는 그의 불멸의 여인은
그에게는 그야말로 고문 중에 고문이었기에
안 그래도 서툴기만 한 그의 살아가는 방식이
더욱 난폭함으로 표현되어 나오기 시작하고,

그의 그런 난폭함을 견디기 어려워한 사람들은
안 그래도 외로운 그를 하나 둘 떠나기 시작.

외롭고 힘들고, 괴로운 삶에 유일한 친구였던 '술'은
그를 더욱 병약하게 만들고
원인을 알 수 없다는 귓병은
그에게 가장 소중하며 반드시 필요한 청력을 거두어 갔으며
가난은 더욱 찌들고 사람들은 그런 그를 수근 거리기 시작하였고
그 마저도 들을 수 없는 그의 가슴은
그저 떠오르는 악상으로 벅차기만 하였다고.

그렇게 단절되어 세상을 살아가다가
술로 망친 그의 건강이 극도로 악화가 되어
복수(腹水)로 가득 찬 그의 배가 풍선처럼 부풀어 오르고
점차로 죽음을, 마지막을, 직감으로 알아채는 그가
마지막으로 온힘을 다해 만든 현악 4중주의 곡.
그 중에서도 마지막 악장.

"힘들게 내린 결정.
그래야만 하는가.
그래야만 한다."

라는 짧은 메모가 적혀있다고 하여
더욱 그의 마음을 알고 싶기만 한
죽음의 목전에서 대가가 완성하였다는
정말 제일 마지막 작품에서
유서처럼 적은
"그래야만 한다."는
그의 다짐은 무엇이었을까.

내 생애의 마지막 배웅 음악

베토벤의 피아노 소나타 12번에 관한 감상.

내가 좋아하며 존경하게 된 어떤 어르신은
당신의 장례식에서 바흐의 '골든 베르크 변주곡'을
꼭 굴렌 굴드의 연주로 틀어주길 원하노라.
라는 말을 하신 적이 있다.

또한
알려진 바에 의하면 베토벤이 그의 슬프고 고단하였으며
외로웠던 인생을 모진 병으로 마감하면서
그의 장례식에는 이 소나타를 연주해 주길 원했노라. 했다고.

하여 이 곡을 연주하거나 감상할 때면
그 애틋함에 더욱 감동이 배가 되곤 하였는데

난, 내가 죽어 사람들이 모인 그 축복된 자리에서
과연 나는 무슨 곡을 듣고 싶을까... 하는 생각을 하다가
요즘 들어 내가 짝사랑에 빠져버린
베토벤의 9번 교향곡 '합창'의 마지막 악장을 틀어달랄까.
아님, 내가 가장 힘들던 시기에 공부하게 되어
안 그래도 힘들었던 나를 더욱 더 힘들게만 했던,
그래서 내게 만큼은 너무도 특별한
리스트의 피아노 소나타를 틀어 달라할까. 생각중이라는.

혹 누가 이 글을 그 때까지 기억하여 내가 떠나고 난 후의
다소 아쉬우며
다소 슬프며
또 다소 외로울지도 모를 그 자리에 오게 된다면
그 두 곡 중 무엇이라도 내 가는 길에 틀어주시길
부탁드려도 될까.

브람스의 무조건적 사랑, 클라라 슈만

'브람스의 사랑이야기'
Frei aber Einsam
자유롭게 그러나 고독하게.

자유로움은 언제나 극도의 고독함을 대가로 요구하곤 한다.

청년의 브람스는 어느 날 불현듯 아름다운 한 미망인인
여류 피아니스트를 사랑하게 되는데
그의 스승인 슈만의 아내였던 클라라 슈만.
그들의 관계가 그들의 사랑이 얼마나 답답하고
가슴 아픈 것이어야만 했을까를 짐작케 해 준다.

브람스와 클라라는 "사랑의 열정은 모두 부질없는 것이며
정신적 사랑의 숭고함만이 영원하다"고 말하고 있지만,
정작 내가 느끼는 그들의 사랑은 '정신적 사랑' 밖에 선택할 수 없고,
이성적일 수밖에 없는 여러 정황들이 보이는데,
14세 연하의 청년 브람스와 클라라는
둘 다 당대 너무 유명한 공인 이었으며,
더욱이 중년의 클라라는 브람스의 혈기와 객기를
견제할 만큼 냉정하고, 현명하기도 했으며,
일곱 자녀를 거느린 '당대 유명작곡가 슈만'의 미망인이라는
본인의 사회적 위치 또한 너무도 잘 알고 있었기 때문이다.
또한 청년의 브람스도 그 모두에 심지를 당겨 불을 태우기 보다는
모든 상황을 질서 안에 '유지'하고 '조율'하려 안간힘을 썼으므로
그들의 사랑은 다소 '불완전하였으나 영원할 수 있었다'는.

클라라 & 슈만

모든 상황은 질서 안에 그저 아름다웠겠으나
질서 안에 갇힌 사랑이 오롯이 아름다울 수만은 없었을 터.

잔인하지만 그 덕분으로 애타는 '청년 브람스'의 음악을
지금의 우리도 눈물로 함께 듣게 되는 것이거늘.

슈베르트는
모차르트나
베토벤처럼
일생일대의
에피소드는 없다

오늘도 어김없이 얼리 버드.
아침 일찍 차가운 공기에 커피 한잔으로 떠오르는 작곡가가
평소에는 별 관심 없었던 '슈베르트'라니.

나는 피아니스트인고로
피아노 소나타를 제외하곤,
그다지 큰 인상적인 피아노 작품이 별로 없는 슈베르트에
관심을 크게 가질 이유가 없기도 하거니와.
그저 겨울 아침의 찬 공기에
창에 서린 수증기를 보다 보니
문득 '겨울 나그네'라는 단어가 생각이 났고,
그러다가 연상된 작곡가가 슈베르트인건
다소 생뚱맞긴 하지만
하는 수 없이 또 당연한 수순이었던 듯.

슈베르트는 '모차르트의 살리에르',
'베토벤의 불멸의 연인'과도 같이
인상적인 일생일대의 에피소드는 없다.

역사에 이름을 남긴 위대한 예술가들이
의례 하나씩 가지고 있는
임팩트 있는 러브스토리 또한 그다지 없는 채
친구들을 좋아하여 같이 모여 음악을 논하며
먹고, 마시고 놀았다는 '슈베르티아데'라는
이름의 모임만 머릿속에 떠오르는데
아이러니하게도 그런 그가 죽은 원인이 '매독'이었다니.

딱히 가슴 속에 뜨겁게 품을 한 여인이 없었던 그는
쓸쓸한 마음의 위로를 그저 그렇게
거리의 여자에게서 얻었던 걸까.

슈베르트의 현악 4중주 '죽음과 소녀'라는 곡이 있다.

이 곡에서의 2악장은 매우 중요한 이유를 갖는데
그의 가곡 '죽음과 소녀'의 반주 앞부분을 차용하여 만든 이 악장으로 인해
이 곡의 제목이 '죽음과 소녀'로 지어졌기 때문.

"나는 아직 젊어요. 나를 제발 데려가지 말아주세요."

라고 말하는 여리고 여린 소녀에게 흉악한 죽음의 신은

"나의 품에 안기어라. 아름다운 소녀야.
나는 너를 해하려 찾아 온 것이 아니란다.
내 품 안에서 달콤하고 깊은 잠을 청하렴."

하고 유혹하는, 이 아름답고 축복받은 새벽 시간에
묵상을 하기엔 '죽음'이란 다소 무겁고 어두운 소재이나
그래도 사람이라면 누구나 한번은 꼭 거쳐야 하는 문이기에.

이왕에 한번은 열어야 하는 그 문이라면
당당하고 미련 없으며,
일말의 아쉬움도 남기지 말고,
용기 있게 그 문을 들어서야지 하는 생각과 더불어,
세상을 살면서
죽음을 감수해야 할 만큼의
무겁고 어두우며 위험한 유혹은
저 '시'에 등장했던 죽음의 신처럼
그렇게 착한 얼굴로
또 달콤하고 믿음직한 말로
소리 소문 없이 그렇게 다가와
나를 유혹하겠지. 하는 생각도 살짝.

슈베르트

쇼팽의 여인 조르주 상드

이런 날씨를 참 좋아한다.
따뜻한 추위, 젖은 흙냄새와 더불어
부드럽게 얼굴을 감싸는 바람은
언제나 내 마음을 설레게 한다.

내 인생의 가장 아름다운 시절로 기억되는 비엔나 시절을
떠올려 봐도 언제나 가슴이 아려올 정도의 예쁜 기억은
이렇듯 촉촉이 적시는 가랑비와 언제나 함께였기 때문이기도 하다.

조르주 상드

조르주 상드.
쇼팽의 여인이었음은 이미 세상이 다 아는 이야기일 테지만.

프랑스의 유명한 여류 소설가이자, 페미니스트.
그리고 여성이 책조차 낼 수 없었을 만큼 보수적인 시대에
자유분방한 연애로, 희대의 팜므파탈로도 이름을 떨쳤던
아름다웠던 여인.

"상식 밖의 이야기들과 터무니없는 중상모략에 대해 태연할 필요가 있다.
나의 삶 몇몇 부분에 침묵하고 싶을 뿐.
위장하거나, 감추고 싶지는 않다."

"나는 언제나 모든 것을 걸고 사랑을 한다.
세상 가장 아름다운 꽃을 꺾기 위해 가시덤불속을 뛰어 들어가 찔리며 상처 입듯
사랑을 얻기 위해 나는 내 영혼의 상처를 감내한다.
덤불속의 꽃이 다 아름다운 건 아니지만
그렇게라도 하지 않으면 그 꽃의 향기조차 맡을 수 없기에."

_조르주 상드

사랑에 대해 이렇듯 애틋하고, 정직하고, 담대할 수 있는 여인이 세상에 몇이나 될까?
더욱이 여성에게 관대하지 못했던 시류 속에 있었던 상황이라는 것에
더 감동적인지도 모르지만.

이렇게 아름다운 여인이기에
이렇듯 대담한 여인이기에
이렇듯 사랑에 대해 정직한 여인이었기에

그래서였을까.
그녀는 사는 동안 여러 남자들과 뜨겁게 사랑했고,
그 사랑의 결과물로 우리 후세들은 너무도 아름다운 많은 예술작품들을
이 아름다운 상상과 더불어 즐기게 되는 축복을 누리는지도 모르겠다.

요즘처럼 예쁜 비가 내리는 겨울이었을까.

폐병을 앓았던 쇼팽과 비슷한 병을 앓았던 것 같은 상드의 어린 아들,
그리고 류머티즘을 앓았던 상드
이렇게 세 사람은 파리의 추운 겨울을 피해
스페인 남단에 위치한 마조르카 섬에서 겨울을 나기로 한다.

남들을 향한 세상의 눈은 언제나 그렇듯 항상 잔인하리만큼 따가운 법.
아이가 있는 이혼녀와 저명한 작곡가와의 부적절한 사랑은
아무리 그들의 사랑이 아름답다 해도 고운 시선을 받지는 못했고
세상의 냉혹했던 시선만큼이나 섬의 날씨 또한 기대만큼 따스하지는 못했던 모양.

그들이 마음 편히 머물 숙소도 없었고
병약했던 쇼팽의 건강도 나날이 악화되는 와중에
그들은 발데모사라는 아름다운 수도원에 잠시 머물게 되는데
마침 모두가 외출을 하고 혼자 남은 쇼팽이 얌전히 내리는 빗소리를 들으며
작곡했다는 이 곡, 빗방울 전주곡.

폴란드인으로 파리에 살지만 여전히 이방인이라는 외로움.
전쟁으로 폐허가 되어 가고 싶어도 돌아갈 수도 없는 가슴 아픈 조국.
너무도 사랑하는 여인이지만 모두의 축복은커녕 수군거림으로 더 고독했을 사랑.
넘치는 예술성을 견뎌내지 못하는 병약했던 육체.
그러나 절대의 아름다움만이 마음속에 가득한 위대한 음악가이기에
그 모든 슬픔과 악조건을 아름다움으로만 그렇게 터질 듯한 감동으로만 표현해낸 듯
그가 느꼈을 삶의 혹독함이 아름다운 수도원 안에서 초연함으로 그렇게 승화된 듯.
이 곡을 듣노라면 그 처연한 쇼팽의 얼굴이 마치 살아있는 듯
생생히 그려지는 듯한 아름다운 곡이다.

물론 이렇게 전해져 내려오는 이야기가 진짜인지 아닌지 진위여부는 알 수 없으나
끊임없이 반복되는 A플랫음이 정말로 슬펐던 쇼팽의 마음처럼
그리고 조용히 내리는 예쁜 빗소리처럼
형용할 수 없는 아름다움으로 마음에 울리니
듣고 있는 나는 이 예쁘고도 슬픈 이야기가 진짜라고 믿고 싶은 마음뿐.

내가 가장 사랑하는 작곡가 브람스

Brahms Piano Sonata No.3의 2악장.

Der Abend dammert, das mondlicht scheint,
Da sind zwei Herzen in Liebe vereint.
Und halten sich selig umfangen.

_Sternau

저녁은 저물고, 달빛은 빛난다.
그곳에 두 심장(마음)이 사랑 안에 하나가 되고
그리고 축성된 신비 안에서 서로가 굳건해진다.

_시테르나우 / 젊은 날의 사랑.

내가 가장 사랑하는 작곡가 브람스.
그의 청년시절의 역작인 피아노 소나타 3번은
내가 연주 때마다 즐겨 연주하는 곡이기도 하거니와
연주에 연주를 거듭할수록 도무지 끝 간 데 알 수 없을 만큼의 깊이가
나를 너무나도 전율시키는 곡이기도 하다.

특별히 2악장과 4악장에는 따로 표제가 붙어있어
연주자에게 표제와 어울릴 만한 특별한 감정을 요구하는데

4악장에는 'Ruckblick' 즉 '회상'이라는 짧은 표제를 붙였으며,
전해져 내려오기는 브람스가 도보여행을 즐기던 당시
우연히 만났던 아름다웠던 소녀를 추억한 것이라 하고,
(허나 나는 이 설에는 선뜻 동의할 수 없다.
4악장은 마치 전설의 고향의 첫 장면을 시작하듯 예고도 없이,
음산하고, 음흉하고, 한 치의 미동도 없이 그렇게 시작하기 때문이다.
그러나 혹 모를 일이긴 하다. 여행하다 우연히 만났다던
그 예뻤던 소녀가 그렇게 음산한 기억 한 조각을 청년 브람스에게
상처처럼 남기고 소리 소문 없이 홀연히 사라졌는지도.)

내가 가장 사랑하는 2악장에는 특별히 시테르나우의 '젊은 날의 사랑'이라는 시를 표제처럼 달아 넣어 형용할 수 없는 아름다움으로 곡을 풀어나간다.

내가 이 곡을 배웠던 당시 석사를 마치던 학기로 기억한다.

한 스물 둘, 혹은 스물 셋.
지금은 과연 나에게도 그렇게 예뻤던 나이가 존재하는가. 하는 의문이 들 만큼의 아름다운 숫자.

허나
그 예쁜 숫자는 저 아름다운 시를 이해하기에는 턱없이 모자랐고
너무나 경험이 부족했고
저 아름다운 사랑을 품기엔 마음의 그릇이 너무나도 작았다.

그저 밤마다 저 시를 주문을 외우듯
그렇게 토씨하나 틀리지 않고 반복해서 외움으로
그 느낌의 실마리를 잡으려 안간힘을 썼을 뿐.

사랑.
그것도 젊은 날의 사랑.
날이 저물고 달빛이 비출 때
그제야 비로소 조용히 모습을 나타낼 수 있는
두 심장, 두 마음.
사랑 안에서 하나로 융화된다는 것.
신의 축복과 축성을 받은 신비.
그 신비스런 환희 안에서 굳건해진다는 것.

알듯 말듯 안타까운 느낌 안에서 오락가락하는 사이

내 답답한 마음을 조금이나마 달래 주었던 건
음악이 주는 형용할 수 없는 아름다움.
바로 그것이었다.

마음을 열어 음악을 따라 생각을 띄우면

그것은 아마도 남몰래 하는 슬픈 사랑이었을 것 같다.
그래서 달빛만이 그들을 지켜주고
달빛의 헌신으로 천국을 거니는 듯 행복함에 하나 되지만
결국엔 그들을 축복해주는 건 오직 하늘뿐인 외로운 사랑일 것 같다.

그래서 그 선율의 아름다움이 폐부를 후비듯 그렇게 가슴 아픈가 보다.
그래서 그렇게 작은 음색으로만 표현되는가 보다.
그래서 그렇게 절정은 환희에 찬 듯, 아무 두려움도 없는 듯 담대한가 보다.

... 하고 시와 더불어 음과 선율을 하나하나 추적해 나가다 보면
어느새 날은 밝고, 내 눈가는 젖었으며
그제야 나는 슬픈 사랑의 '빙의'에서 비로소 벗어날 수 있었다.

2악장의 맨 마지막 줄을 연주할 때
우리 교수님이 내게 해주신 말씀이 아직까지도 잊히지 않는다.

연약한 촛불이 한줄기 아주 약한 바람에 스러지듯
그렇게 꺼져가듯이
그렇게 초라하게
그러나 비장하게

요즘 나는 '아름다움'이라는 것에 대해
굉장한 호기심을 가지고
깊이 있게 생각하곤 하는데

언제나 그렇듯
극도의 아름다움은
가슴 아린 그 무언가와 항상 함께인 듯하다.

브람스

작곡가의
자서전처럼
처절하기만 한
차이코프스키
교향곡 비창 4악장

차이코프스키의 교향곡 비창 4악장.

음울하게 시작되는 도입부와
그에 상반되게 황홀하리만치 아름답고 환희에 찬 듯한
제 2주제가 무엇보다도
나의 마음을 사로잡는 차이코프스키의 역작.

이 곡을 초연하고 나서 단 9일 후 그가 사망하였다고 하니
비창은 곧 그에게 슬픈 노래가 되었음이라.

어려서 어머니를 잃은 차이코프스키는
평생을 우울하게 지냈다고 전해지며
불행했던 어린 제자와의 결혼사와 또 은밀하고 비밀스럽게
그러나 결코 피할 수는 없었다던 동성 간의 사랑.

그리고 늘 그를 따뜻하게 후원해 주던
폰 베크 부인과의 갑작스런 단절 등이
그를 외로움의 궁극으로 몰아
결국 그가 자살했다는 설도 있고,
당시 러시아 전역에 유행하던 콜레라로
생을 마감하였다는 설도 있다.

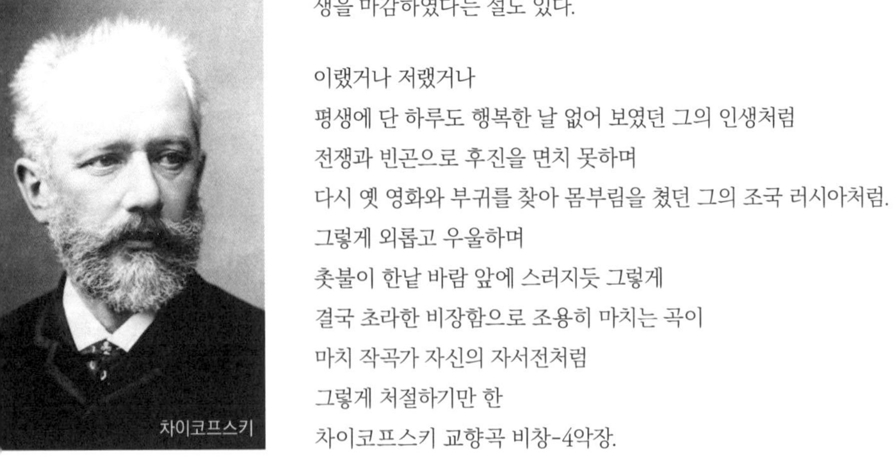

차이코프스키

이랬거나 저랬거나
평생에 단 하루도 행복한 날 없어 보였던 그의 인생처럼
전쟁과 빈곤으로 후진을 면치 못하며
다시 옛 영화와 부귀를 찾아 몸부림을 쳤던 그의 조국 러시아처럼.
그렇게 외롭고 우울하며
촛불이 한낱 바람 앞에 스러지듯 그렇게
결국 초라한 비장함으로 조용히 마치는 곡이
마치 작곡가 자신의 자서전처럼
그렇게 처절하기만 한
차이코프스키 교향곡 비창-4악장.

短想. 하나

광기를 사색하는 사람.
르네 마그리트의 그림.
내가 르네 마그리트를 처음 만난 건
1994년 스페인 마드리드에서 국제 콩쿠르를 마치고.
마치 영화 '아마데우스'에서 노력하는 준재였던 살리에르가
신을 향해 외치던
"당신이 나를 이토록 보잘것없는 존재로 만들어 방치했듯
나 또한 이제 당신을 방치하며 저주하겠노라!!!" 라며
현실의 아픔을 하늘을 향한 원망으로 퍼붓던
그 심정 그대로 마드리드의 거리를 배회하던 중.
"무제오 델 프라도!"
백과사전에서나 볼 수 있었던 그 이름. 그러나 지금 내 눈 앞에 분명히
서있는 그 이름에 이끌려 빨려 들어가듯 들어간 그 박물관에서다.

그 곳에서 만난 또 다른 그의 작품은 저렇게 똑같이 초록과 검정의
오묘한 조화 속의 음산한 그림이었는데 널브러져 있던 술병들,
사고가 난 듯 찌그러진 자동차, 그리고 그 앞에 쓰러져있던 어느 남자.
그리고 너무도 선명하여 아직도 가슴이 서늘한 이마에 흐르던 빨강.
정황은 그지없이 최악의 상황이었건만 그 남자의 그 행복했던 표정이란
무엇이 저 상황의 남자를 그토록 만족스럽게 만들었을까.
그것이 무엇이던 간에 최악의 순간을 지나고 있는 내 인생에도
제발 그런 게 존재한다면 정말 좋을 텐데 하는 생각에
한참을 그 그림 앞에서 떠나지 못했던.

短想. 둘

프로이드.
두말이 필요 없는 현대 정신분석학의 창시자.

지구상에서 내가 가장 좋아하는 매력적인 나라 독일.
그리고 어쩌다가 접하게 된 프로이드란 사람의 이런저런 읽을거리들로
나는 한동안 프로이드란 사람에게 헤어 나올 수 없는 매력과 연민을 동시에 느꼈었다.

물론 나는 의학과는 거리가 멀기에
그가 주장하는 학설 따위를 이해하진 못하지만
프로이드라는 사람.
세상에 길이 남을 업적을 남긴 대 의학자이지만 인생은 쓸쓸하기 그지없던 사람.

스무 살 차이가 났던 부모의 자녀였던 그가 느낀,
비정상적일 수밖에 없었던 어머니를 향한 사랑.
그것이 근친을 향한 사랑으로 이어져 그의 친딸에게까지 이어질 수밖에 없었던
그 끈질긴 사랑의 악연.
충실하고 모범적이어서, 고마울 수는 있을망정 사랑할 수는 없었던
그의 조강지처와의 소원했던 사랑.
치명적이어서 망가질 것을 알고도 회피할 수 없는 팜므파탈 처제와의 밀애.
모든 것을 다 알고도 입을 열어 불평할 수 없는 조강지처의 슬픈 마음 등을 이해하는 건
너무도 흥미로웠고, 그래서 더욱 프로이드에 빠져 지냈던 한동안.

그런 프로이드가 살바토르 달리와 더불어
이 세상 가장 뛰어난 화가라고 칭한 르네 마그리트.

최근에 접한 그의 그림
광기를 사색하는 사람.

제목이 주는 어감이 너무도 마음을 사로잡아
그림과는 상관없이 사랑하게 된 작품.

저 남자의 알 수 없는 표정
아주 행복한 듯
혹은 아주 음흉한 듯
뭔가를 꾸미는 듯
뭔가를 느끼는 듯

그림의 오른쪽 여백에 내 얼굴을 오버랩 해 본다.
누군가 나를 저런 표정으로 본다면 나는 어떤 기분일까?

광기를 사색하는 사람.

저 사람이 사색하고 싶었던 광기는 무엇이관데
작가는 그 자리를 비워두었을까?

혹시 내가 지금 상상하듯
작가는 그림을 감상하는 각자가
자신의 얼굴을 오버랩해주길 바랬던 건 아닐까.

각자의 생각과 상식만이 옳다고
내가, 아니, 나만이 제일 잘났다고 미쳐 날뛰는
현대를 살아가는 우리들 하나하나를
미쳤다고!

당신이 진정한 '광기'라고 외치고 싶었던 건 아니었을까?

무소르그스키의 연가곡- 죽음의 노래와 춤

무소르그스키 죽음의 노래와 춤.
4개의 곡으로 구성된 무소르그스키의 연가곡.

고열에 시달리는 아가를 달래려는
엄마의 차분한 자장가 속에는
실은 아가에게 드리운 죽음의 전령을 쫓아내려는 엄마와
어찌하든 아가를 데려가려는 전령과의
필사적인 싸움이 담겨져 있다.

요즘 들어 내가 때때로 절감하는 것과 노래는 딱 들어맞는다.

죽음의 슬픔이야 어차피 산 자들의 몫이고
누군가의 죽음으로 인해 부를
쾌재 또한 죽음의 전령이 부를 일,
정작 죽음의 당사자는 아무 말도, 감정도 남길 것이 없다.

사람은 무엇으로 사는가에 집중하는 요즘이다.
사랑도 덧없고(남녀 간의 사랑이야 말해 뭐하랴)
인류애 같은 시답지 않은 소리,
예수도 그토록 구원코자 했던 그 인류에 의해
십자가에 못 박혀 죽어버린 이 판국에.

불꽃투혼 발휘하며 열정 넘치게 사는 스웩 쩌는 삶도
결국 그 인생을 구경하는 남들 보기에나 좋을 뿐
그 생을 살아가는 당사자에게야 그저 고통뿐인 것을.

당장 내 앞에 죽음이 찾아온다면
나는 아무것도 할 것도, 할 수 있는 것도 없으나
정작 나보다 내 주변이 더 분주하고 비통할 것만 같은.

생은 모두 내 앞에 놓인 생을 살아가지만
결국 자기 앞의 생을 살아가는 자는 그 누구도 없다.

클래식이
어렵고 지루하게
느껴진다면
제대로
느끼고 있는 거다

클래식 음악이 어렵고 지루하게 느껴진다면
제대로 느끼고 있는 거다.
클래식은 당연히 어렵다.
어려우므로 지루할 수밖에 없다.
그러므로 조금은 알려는 노력을 하는 것이 필요하다.
오죽하면 음악가들 스스로조차 평생을 공부한다고 할까.

그러나 알고 듣는다면
이처럼 위로가 되는 음악도
예술의 장르도 없을 것이다.
한 위대한 인물의 평생의 철학,
그 인생의 희로애락이
작품 안에 오롯이 다 담겨져 있기 때문이다.
그러므로 클래식 음악보다
더한 힐링을 주는 음악도 세상에 없다.
단언할 수 있겠다.
다만 클래식은 그렇게 세간에 떠도는 소문처럼
명상, 태교, 혹은 지겹도록 듣는 상처치유를 위한
마음진정용 '잔잔바리'만은 결코 아니다.

일례로 베토벤의 생을 한번 돌아보자.
엄마의 부재, 폭군 아버지, 가난, 그리하여 짊어져야만 했던
가장의 무거운 책임,
나만의 능력,
그러나 좀처럼 알아주지 않는 세상.

사랑, 죽음보다 더 강한 사랑은
사소한 오해로 오히려 무너져 끝내 이별, 늙어감, 외로움, 그리고 병마.
당신의 인생은 이보다 나은가.

아니, 반대로 위대한 영웅 베토벤의 일생이 당신보다 월등한가.
우리 중 누구의 인생이라도 이것보다 특별할까.

아울러 누군들 이 삶이라는
운명의 여로를 피할 수 있을꼬.
정도의 차이는 있을망정
인생이라는 여정을 따라 걸을 때
누구도 피할 수 없는 그 처절한 사투의 과정들.

위대한 예술가인들 예외일 수 있으랴.
역사 속 천재이기 이전에 그들도 그저 한 인간인 것을.
그 삶의 처절한 사투가 그저 된통 당한 억울한 고생이 아닌
결국 당신이 만든 하나의 아름다운 작품이었노라. 기적이었노라.
토닥여주는 위대한 힐링이 클래식 음악만이 가진 힘이요,
그 끈질긴 긴 역사의 근원적 힘이자 강인한 생명력인 것이다.

인간이라면 누구라도 느낄 보편적 삶의 고통과 고뇌가
작품 전체에 문신처럼 깊이 새겨져 흐르고 있는데
위로가 안 될 수 없으며
공감이 안 될 수 없고
따라서 감동이지 않을 수 없는 것. 그것이 클래식의 매력인 것이다.

〈영화 '불멸의 연인' 중 한 장면〉

https://www.youtube.com/watch?v=dZdcIctiZhA&feature=youtu.be

누가
음악의 아버지는
바흐,
음악의 어머니는
헨델이라 했나

음악의 아버지 바흐와 음악의 어머니 헨델
- 그 음악 부부(?)의 불행한 공통점

음악의 아버지 바흐와 음악의 어머니라는 헨델.
누가 그들을 음악의 아버지와 어머니로
규정하였는지는 아무도 모른다.

다만 앞서 간략하게나마 살펴본 음악사의 흐름 중,
바로크시대를 주름잡은 대표적인 두 음악가이자
서양음악사에 어쩌면 가장 토대가 되는 기틀을 마련한
음악가들이라 그런 것 아닐까. 하는 상상만을 할 수 있을 뿐이다.

일단 아버지인 바흐는 일단 신실한 신자로서
교회음악을 단순히 예배의 수단으로서가 아닌,
예술의 경지로 끌어올린 장본인이다.

아울러 피아노의 모든 조성을 다 이용하여 곡을 평균율은
이전 단순했던 순정율을 벗어나
한 옥타브 안의 12개음을 모두 사용하여 작곡할 수 있다는
가능성을 최초로 열었다는 것에 엄청난 의의가 있다.

바흐는 이렇듯 비단 피아노 뿐 아니라,
무반주 바이올린소타나,
무반주 첼로소나타 등
기악곡의 수준을 끌어올려 세상에 존재하는
모든 악기들에게 이전과는 차원이 다른 수준의 작품을
연주할 수 있도록 해주어 새 생명을 불어넣었다는 점에서
위대하다 아니할 수 없다.

아마 그래서 아버지라 불리는가 보다.
또한 실제로도,
엄청나게 많은 자식들을 이 세상에 남겼다는 것도.

헨델은 바흐와 동시대에 활동한 음악가이나 독일에서 태어나
그 독일 안에 평생 머물고 살며 오직
신실한 신앙을 음악적 영감의 근원으로 삼은 바흐와는 달리
온 세상을 자유로이 떠돌아다니며 결혼도 하지 않고,
따라서 거두어야 할 처자식마저 없는 진정한 자유인으로 일찌감치 온
세상을 떠돌다가 가장 좋아보였던 영국으로 삶의 터전을 옮기며
그 영국 왕실을 위한 충성스런 음악가로 살아간다.

따라서 돈은 바흐보다 헨델이 엄청나게 더 잘 벌었다.
바흐가 건실한 기업에서 월급을 받아 생활했던 소소하고 성실한 월급쟁이였다면
헨델은 권력과 손을 잡은 막강한 사업가 그러니까 최순실??정도로 비유할 수 있겠다.

왜 그를 어머니라고 불렀느냐. 묻는다면 난들 알 수 있으랴.
다만 추측하건데 바흐가 음악에 있어 특히 기악의 활용을 최대로 끌어올려
이후 작곡가들에게 기반이 될 만한 교과서적인 큰 기틀을 마련했다면
헨델은 음악의 기틀을 잡을만한 토대를 마련했다기보다,
다양한 음악적 장르와 시도를 했다는 것에서 아마 어머니라고 부른 것은 아닐까.
생각해 볼 뿐이다.

헨델은 바흐는 단 한 작품도 남기지 못한 오페라라는 장르에
그 재능을 맘껏 발휘하였으며 아직까지도 대중에게 익히 사랑받는,
영화 파르넬리에 나오는 '날 울게 하소서'라는 명곡도 탄생시켰다.

아울러 '수상음악'이라는 장르도 헨델의 업적이라 아니 할 수 없다.
수상음악이란, 왕실의 왕님들 물놀이 하실 때 우아하게 들으시며 교양 있게
노시라고 품위 있는 브금(BGM)을 깔아드린 것, 그것이 수상음악이다.

암튼 이렇듯 바로크시대를 풍미한 두 음악의 거장이 그들 스스로
음악의 아버지와 어머니로 부부의 연을 맺었음을 아는지 모르는 지까지는 알 수 없으나
(전해지기는 당대의 두 거장은 서로에 대해 소문으로 들어 익히 알고는 있었으나,
일면식조차 없었던 걸로 전해진다. 그도 그럴 것이 독일과 영국, 활동의 반경이
너무 멀었던 탓도 클 것)

삶과 음악적 행보는 이렇듯 공통점을 찾기 매우 어려운 와중에도
특이하게 3가지의 공통점을 가졌으니 이제 그 이야기를 해보고자 한다.

1) 출생국가가 같다.

바흐는 독일 아이제나흐라는 곳에서 태어나 계속 독일에서만 활약했다.
그리고 헨델은 독일 동부 작센지방에 위치한
아주 작은 도시인 할레(정식명칭 Halle, Halle an der Saale)에서 태어나
이후 활동지를 영국으로 옮긴다.

2) 출생년도가 같다.

동시대에 활약한 만큼 출생시기가 비슷할 거란 예상은 가능하나
그들의 생일은 겨우 한 달 차이다.

바흐 1685.03.21~1750.07.28
헨델 1685.02.23~1759.04.14

3) 사망에 이르게 한 죽음의 전령?, 안과의사 존 테일러

바흐와 헨델은 둘 다 엄청난 식욕을 가졌다고 전해지는데
헨델은 당뇨로 고생했을 만큼 그의 식탐은 대단한 것이었고
전해져 내려오는 초상화들을 미뤄 짐작하건데
둘 다 건강의 최대의 강적이라는 엄청난 비만이었다.

또한 두 사람은 모두 백내장을 앓고 있었고 같은 의사에게 눈 수술을 받는다.
의사는 당대 최고의 안과 의사이자 영국왕실이 지정한
공식 안과 전문의인 '존 테일러'!
백내장으로 고생하던 두 바로크의 거장은 그에게 수술을 받고 결국 실명하고야 만다.

실명 후에도 두 거장은 역사 속 인물들이 늘 그러하듯이
불굴의 의지로 창작을 멈추지 않아 일생의 역작을 계속하여 남겼는데
바흐는 〈오르간을 위한 18개의 코랄〉을
헨델은 저 유명한 할렐루야 코러스를 품은 〈메시아〉를 완성한다.

이후 바흐와 헨델은 그 생을 마감하는데
꽤 큰 공을 들였다고 알려지는
존 테일러라는 의사는 과연 우리가 알고 있는 대로 돌팔이일까?

일단 그의 업적은 실로 대단하다 아니할 수 없다.
영국의 첫 안과 수술의이고
눈 해부생리학과 사시수술을 처음으로 시도한 사람이며,
영국왕실이 인정한 첫 안과 수술의라고.

실명의 원인은 상상컨대 지금처럼 수술을 위한
위생이 철저하지 못한 시절의 '수술 중 감염'이지 않을까 하며
그렇다면 그 시절을 탓 할 일이지
저 의사를 마냥 돌팔이로 치부할 수 있을까.
하는 것에는 필자는 조금 주저하는 바이다.

사망 당시 바흐는 65세, 헨델은 74세.
당시로선 천수를 다 누린 호상 중에 호상이었을지 누가 알까.

게다가 그 존 테일러라는 안과의사,
어마무시 잘 생겼었다고 하니. 더욱 그러하다 하도록 하자.

바하

헨델

헨델의 메시아 중
할렐루야 코러스,
우리는 대체 왜
기립해야 하는가

헨델의 메시아 중 할렐루야 코러스.
-우리는 대체 왜 기립해야 하는가.

1742년 더블린에서 초연된
헨델의 대표적 오라토리오 〈메시아〉는
여러 가지 비하인드 스토리를 품고 있어
그 작품의 위대함을 뒤로 하고도 매우 흥미롭다.

앞서 말했듯이 노년의 헨델은 당뇨와 백내장 그리고
존 테일러 의사에게 받은 안과 수술의 실패로 실명한데다
뇌일혈까지 앓고 있어서
무언가를 창작하기는 매우 어려운 상황이었다.

게다가 헨델은 오페라라는 장르에 매우 큰 의의를 두어
많은 오페라 걸작들을 작곡했으며
실제로 오페라단과 극장 등을 운영하기도 하였다는데
이 곡을 만든 당시에는
이미 오페라 극장의 운영난으로
너무도 많은 빚을 지고 있어서
매우 돈이 급했던 상황이었다고.

헨델이 이 〈메시아〉라는 곡을 오페라가 아닌
오라토리오(종교적 극음악)로 작곡한 이유도
똑같은 극음악임에도 제자리에 서서 연주하여
따로 연기가 필요 없는 '오라토리오'라는 장르가
오페라와 같이 거대한 무대를 꾸미고
출연진의 의상을 만들어 입하는 등의 필요가 없어
상대적으로 제작비가 싸게 먹혔기 때문이라고.

더블린에서의 초연은 매우 성공적이어서
입추의 여지가 없이 초만원 사례를 이루었다.
이 관객 중에는 당시의 영국 국왕 조지2세도 있었다고.

여기서 그 기립의 전통은 시작된다.

〈메시아〉중 할렐루야코러스가 너무도 감동적이어서
국왕이 기립하여 감상하였다고 전해져 내려온다.
그만큼 〈메시아〉는 명곡이었고 감동적이었다는 뜻일 게다.
그 후로 우리는 이 곡을 감상할 때 기립하는 것을 전통으로 생각한다.
이것이 모두가 알고 있는 정설(?).

정설을 약간 비껴나간 야사(?)라고 해야 할까.
혹은 비하인드 스토리로는당시 이 공연이 너무도 성공적이어서
그동안 헨델의 빚을 모두 갚고도 남을 만큼의 엄청난 성과였다고 한다.

그 만원사례로 일대가 매우 혼잡하였음은 물론,
한명의 관객이라도 더 입장시키기 위해 관람을 원하는 여성은
치마를 부풀리는 속옷조차 극장 측에서 불허했을 만큼
장내는 어수선하며 인산인해로 매우 비좁았었다고.

극장 주변 일대의 상황이 매우 열악하고 혼잡하였으므로
그 혼란 속에 불가피하게 국왕이 늦게 도착하였고
하필이면 도착하던 타이밍이 할렐루야 코러스를 연주할 때여서
국왕의 때맞춘 등장에 온 관객이 자의와는 상관없이 예를 갖추기 위해
기립할 수밖에 없었던 것이 오인되어
아직까지 전통으로 남은 것이라고 주장하는 사람들도 있다.

믿거나 말거나이나
말년의 거장이 건강과 시력을 모두 잃고 나서
마지막 사력을 다하여 신을 찬양한 곡이었으니
기립하여 감상함이 마땅하다 할 밖에.

Ⅳ. 안단테 칸타빌레

천천히 노래하듯 걷는 하루하루

인생에 넘쳐나는 불필요한 많은 것들

오래 전
무소유의 법정스님이 입적하셨을 때
그 보다 더 오래 전

산은 산이요
물은 물이로다.
라는 화두를 남기고 돌아가셨던 성철스님은
한동안 나에게 죽을힘을 다해도
또 최선을 다하고 목숨을 바쳐
노력에 노력을 거듭하여도
세상에는 절대로 바뀔 수 없는 것이 있다.
라는 절망적인 가르침을 주셔서
마음이 갑갑했었는데

법정스님은

감사를 전혀 모르고
욕심으로 무장한 나에게

무소유.

훌훌 털고
미련 없이 떠나버림을

이미 영혼이 떠난 육신을 위해서는

장례도 부질없고,
사리도 소용없는 것이라며
깃털처럼 가벼이 이 곳을 등지고 저 곳으로

시간과 공간마저도 소유하기 귀찮고 부질없다는 듯
이제 시간과 공간을 버리려한다는
멋진 말씀을 남기고 입적을 하셨다.

내 인생에 넘쳐나는 불필요한 많은 것들

몸속에 넘쳐나는 쓸데없는 영양분들이
나의 몸매를 뚱뚱하게 만들며
자꾸만 새로운 옷들을 필요로 하게 하고
쓸데없이 넘쳐나는 잡식과 욕망,
야욕들로 넘쳐나는 나의 머리가
언제나 나의 마음을 절망으로 가두며

언제나 비우지 못한 나의 마음이
감사로 가득해야할 나의 인생을 불평과 불만으로 얼룩지게 한다.

무소유.
버리라.
비우라.

그것이 그리도 간단한 일이라면
굳이 스님이 속세를 등지며 출가까지 할 필요가 있었을까?
그리 열심히 한 평생을 다 바쳐 수도에 매진했어야 할 이유가 있었겠는가.

세상은 우리에게 많은 것을 이루고,
소유하여야만 성공이라며 평생을 가르치건만

종교는 우리에게 그 모든 것을 버려야만
진정한 행복의 경지를 경험할 것이라 가르친다.

이 초극단의 아이러니.

감사를 모르는 바보

문득 어느 작가의 말이
나의 가슴을 다시 한번 아프게 후빈다.

감사를 모르는 바보에겐

가진 게 많다는 건

겨우

축복을 가장한 형벌에 지나지 않을 뿐이라는

그 말.

인연으로 보는 피해

인연으로 피해를 보는 것은
진실 없는 사람에게 진실을 쏟아 부은 대가로
받는 벌이다.

_법정

맞는 말씀이나 나는 단 1%도 동의할 수 없다.
누구를 만나든 나는 그 인연에게
진심을 쏟아 부어야 한다고 본다.
그것도 쏟아 부을 수 있을 만큼
1분 1초 매순간 최선을 다해 쏟아 부어야만 한다.

그 진심과 정성이 외면 받는다면
그 벌은 당연히 외면한 쪽이 받아야 마땅한 것이라 믿는다.

벌은 잘못한 이에게 응당 돌아가야 하는 것,
그것이 순리라고 믿기에
저 말씀은 옳을 수 있으나 결단코 동의하진 않는다.
진실을 쏟아 부은 인연으로 피해를 보는 일은 없다.
단지 쏟아 부은 정성이 통하지 않았을 뿐.

진심을 쏟아 붓는 것까지만 내 몫이로되
그 진심을 받아들일지 말지
혹은 이용할지는 오롯이 상대의 몫으로 돌려야 할 일이다.

그러므로
그 누구도 나에게 감히 상처를 줄 수 없다.
그것은 오직 내가 결정할 일이다.

육체의 시간

1.

앉았다 일어날 때 마다
누웠다가 일어날 때 마다
혹은 아주 사소하게 바닥에 떨어진 쓰레기 등을 주우려
허리를 굽힐 때마다 허리가 깨지도록 아프다.

병원과 의사를 죽도록 불신하는 나는,
그저 며칠 지나면 나으려니.. 하고 시간을 보내다가
오늘은 정말 참을 수 없는 통증에 병원으로 갔다.

엑스레이 사진을 찍고 차례를 기다려 의사를 만나는데,
시간도 시간이려니와 혹시라도 병원 올 때마다 듣는
그 뻔한 스토리(스트레스 받지 말고, 무리하지 말고, 맑은공기를
쐬며 충분한 휴식을 취하라는 신선놀음 같은 팔자 좋은 이야기들
따위. 그러면서 끝에 꼭 붙이는 말, 특별한 이상소견은 보이지
않는다는)를 이 장시간의 기다림 끝에 들을 것만 같은 짜증이
한꺼번에 밀려오는데

의사 말이 사진에 의하면, 정면에서 찍은 척추의 사진은 왼쪽으로
조금 휘어졌는데, 나쁜 자세나 습관에서 기인한다고 하였으며,
측면에서 찍은 척추의 사진은 S자 형태의 곡선이 아니라
구부정한 일자선 정도로 뻣뻣하게 굳어 보이는데
이 또한 운동부족으로 보이는 현대인의 전형적인 증상으로
"특별한 이상소견은 없다."라는 말을 했다.

장시간의 기다림에 지치고 가뜩이나 의사를 불신함에
그 확고함만 더해준 의사가 얄미워
"그럼 제 허리는 왜 이렇게 아플까요,
제가 꾀병을 부리는 걸까요?" 하고 심드렁하게 묻자,
의사 또한 심드렁하게 대꾸하는 말이
"나이 드시면서 찾아오는 자연스런 증상" 이란다.

2.

유학시절부터 가깝게 지내온 언니가 있다.
아름답고 성정이 곧고, 고와 내가 너무 사랑하는 사람이다.
그런 사람에게서 나오는 음악이란.
듣고 있기만 하여도 언니의 성품과 인생의 곧은 발걸음이
그 소리에 고스란히 담겨져 있는 듯하여
절로 브라보~!를 외치게 될 만큼 뛰어난,
내가 너무도 존경하는 사람이기도하다.

나보다 불과 대 여섯 살 위인 그녀가
별다른 증상은 아직 없으나
안경이나 콘택트렌즈를 착용하지 않고도
갑자기 주변이 잘 보이기 시작했다며
어린아이처럼 기뻐하였으나

혹 이것이 노안의 전초전은 아닐까.
은근 초조한 기색도 살짝 내비치는 듯하여

아닐 거야.
아닐 거라며 정색하는 말로 그녀를 위로하였으나

나 또한
'아. 우리에게 벌써 이 만큼의 시간이 흘러가버렸는가'
하며 내심으로 마음이 헛헛하였다.

3.

젊음.
듣기만하여도 찬란함이 마음으로부터 벅차오르는 그 단어.
오죽하면 인류의 가장 오랜 스테디셀러인 성경에도
“청년이여 네 젊음을 기뻐하며, 젊은 날의 눈과 귀가 보고,
듣는 대로 좇아 행하라!!”라는 말을 하였을까!

눈에 보이고, 귀에 들리는 모두가 현실에 절대 굴복하지 않는 진리였으며,
또한 양보할 수 없는 절대의 아름다움이었으며,
보이지 않는 그 모든 이상을 추구함에 따르는 현실의 모든 부족함이
하나도 부끄럽지 않았던 그 시절.

이젠
육체와 시간의 나이를 굳이 들먹이지 않더라도
그렇게 진리만을 따라나서기엔
그렇게 절대의 아름다움만을 추구하기엔
내 머릿속의 계산기가 절대로 그 현실을 허락하지 않는
그야말로 약삭빠른 중년.
어느새 마음보다, 생각보다 주판알이 먼저 바쁘게 튕겨지는 속물.
그게 바로 내 모습이 되어버린.

4.

"피할 수 없다면 즐겨야만 한다!"
그래. 시간 앞에 장사가 있다더냐.
시간의 흐름에 나 또한 시간 따라 흘러간다는 건 이제 받아들이고
담담히 인정해야하는.
노안(老眼)의 시기(?)가 바로 오래지않아 나에게도 또한 올 것을 안다.

그때가 온다면
이왕이면 내모든 삶의 자취가 담긴 내 얼굴의 깊은 주름들이
그리 흉하지는 않았으면 좋겠다.
그리 아름다운 얼굴도 아니었건만
늘 보던 대로의 얼굴이 아닌 여기저기 패인
나이테와 함께하는 내 얼굴에
스스로 놀랄 만큼은 아니기를 바란다.
적어도 몇 수십 년의 세월이 고스란히 담겨질 그 얼굴에
스스로 만족하길 바란다.

세상 가장 아름다웠던 세계적인 배우였으나
갖가지 풍파와 시련, 최상과 최악의 상황을 견뎌낸 마지막 햅번의 주름진 얼굴이
오히려 조각과도 같았던, 예뻤던 어린 햅번보다 더 기억에 남고 아름답게
모두의 마음속에 각인 되었던 것처럼.

클리셰

"클리셰"
라는 말이 있다.
원래는 19세기 인쇄공들이 쓰던 말이란다.

상용적으로 널리 쓰이는 말들을 미리 조합하여
활자판에 쉽게 끼워 쓸 수 있도록 미리 만들어 놓은 조판.

하여
현재에 클리셰는 진부하게
혹은 아무 생각 없이 반복되는 생각이나
개념들을 일컫는단다.

이를테면
문제의 가정에서는 반드시 문제의 아이가 나올 것이라는.
이혼남(녀)는 반드시 큰 결함이 있는 인간일 것이라는.
노처녀(총각)에겐 그에 합당한 이유가 있을 것이라는.
"... 이라는".

무조건 반사마냥 '자기 고민', '자기 생각' 없이
무의식적으로 앞서는 일종의 선입견 같은
그 지루한 수군거림.

클리셰가 나쁘고, 진부하며, 위험한 이유는
그것이 '틀려서'가 아니라
그 안에 한 번 더 생각해 보고자하는 성실함이나 진실함,
혹은 사물을 있는 그대로 바라보지 않으려 하는 왜곡된 시각,
혹은 그 따뜻함의 부재에 있는 듯하다.

1.

부르주아.
'성 안의 사람들'이란 뜻을 가진 프랑스 말.

발음되는 그 어감도 무척이나 세련되었을 뿐 아니라
단어가 가진 뜻 또한 왠지 모를
배타적 느낌의 도도함을 품은 듯
정확한 테두리를 정한 '성안의 사람들'
'성 밖의 사람들'과는 차원부터가 다르다는 식의
콧대 높은 고고한 의미를 지닌 것 같은 느낌에
별다른 명확한 이유 없이 느낌만으로
내가 사랑하는 외래단어 중 하나이다.

부르주아.
귀족도 아닌 것이
평민도 아닌 것이
귀족에 속하자니 태생이 천박했고
평민에 속하자니 가진 게 너무 많았던 그들.

애초에 부르주아의 탄생은
고귀한 태생만을 믿고, 안하무인으로 퇴폐와 향락에 빠져
그들의 의무와 사회적 책임을 다하지 못하는
썩어빠진 귀족에 대항하기 위한

혹은
뼛속까지 억압과 핍박에 길들여진
그래서 자신의 상황을 도무지 벗어나려 시도조차 하지 않는
오히려 그 억눌림과 불공평에 마음의 안도를 얻기도 하는
무기력한 평민을 계몽하기 위한
그런 실력 있는 평민계층이었을 것이다.

하지만
귀족에게 대항하기엔 귀족의 모든 것이 부러웠을 테고,
평민들을 계몽하기엔 부르주아들이 누리고 있는,
어렵사리 얻은 모든 기득권을 평민들과 나누게 될까 두려웠던 것일까.

부르주아는
그 본연의 임무였던 귀족과 평민간의
튼튼한 중간다리 역할을 외면한 채
자신들만의 독특한 문화와 색깔을 띠며
오히려 새로운 계급을 형성하게 되는데
그 때 등장한, 그들이 사용했던 가장 유용했던 수단이
바로 '명품'이란다.

귀족일 순 없으나,
평민과는 정말로 다르고 싶었던 그들의 열망이
사회적으로 누구나 인정하는 유명한 장인의 이름을 건
의복과 액세서리들로 치장하는 것으로 표출되었다는 것.

그래서
그때부터, 명품을 생산해내는 사람들도
귀족을 위해 생산했던 시기에는
오히려 감추었던 자신들의 상표와 로고를
부르주아들을 위해 생산하기 시작하면서부터는,
오히려 눈에 띄는 자리에 전면 배치함으로
곧 죽어도 '티'를 내고 싶었던 부르주아들의 지갑을 여는데
아주 손쉬운 성공을 거두었다는 것.

아직까지도 그 명품 마케팅은 반전 없이 유효하여
모든 명품, 고가의 브랜드는 로고를 크게,
전면 배치함을 원칙으로 고수하고 있다고 한다.

2.

오늘날에도 부르주아들은 우리 주변에서 흔히 볼 수 있다.

아직 벌이도 없는 어린 학생들의 손에 달린 명품가방이며
몸에 걸쳐진 고급스러운 옷...
그리고 너무나도 예뻐 보이는 뽀얀 피부의 앳된 학생들.
부모를 잘 타고 태어나 호사를 누리는 행복한 현대의 부르주아들.

부러우면 지는 거다!

허나
어쩔 수 없이
아무리 그들이 부럽더라도

우리 절대로
부르주아 놀이는 하지말자!!!

부르주아도 아닌 우리가 부르주아 놀이를 하기위해 애쓰지는 말자는 것이다!

본연의 임무를 잊은 그들이 또 다른 의미의 귀족이 되어버려 타락했다면
우리들은 원래 그 단어가 품은 뜻 그대로
성 안에 사는 사람들, 곧 뭐가 달라도 확실히 다른 지식인답게.

자부심으로, 긍지로, 당당함으로 그리고 단정한 아름다움으로.
그렇게 진실로 치장을 하자!

잊지 말자!
그 아름다운 운율을 지닌 도도한 단어 '부르주아'를
현대의 사전에서는
사치를 일삼고, 돈만 아는 잘난 체 하는 사람을 일컫는 말로 정의한다는 것을.

사람의 약속

사람이 하는 맹세와 약속은
그 말을 반드시 꼭 지키겠다는 것은 아니다.
그냥 그 때의 기분이 그렇다는 걸 표현하는 한 방법일 뿐.

이를테면
너만을 영원히 사랑해.
이 은혜를 반드시 꼭 갚을게요. 등의 말은
꼭 정말로 영원한 사랑을 목숨 걸고 지키겠다는 것도 아니고
그 감사함을 잊지 않고 평생을 두고
은혜를 갚겠다는 의지의 표명은 아닌

그 때의 기분과 무드가
마치
사랑이 영원할 것 같이 행복하고
은혜를 갚을 것만 같이 감사하다는
한 표현방법에 지나지 않는다는 것일 뿐.

하여
사람이 하는 약속,
그 말의 가벼움을 너무 맹신하지 말지어다.

믿음의 대가가 공허한 상처이지 않으리란 약속은
어디에도,
누구도 보증하지 않으니.

예술은
참으로 잔인한 것

누구나 그렇겠지만
나도 지난날을 되돌아보면 끔찍한 순간이 있고,
또한 두 번 다시는 마주치고 싶지 않은 사람도 있다.

살면서 만나는 가장 행복한 순간도
사람으로 기인하였었으나
지옥과도 같은 우울과 상처도
또한 사람으로부터 왔으니.

결국엔 돌아보고 싶지 않은 장면과 상황의 중심엔
언제나 '그 사람'이 있는 듯.

기억하고 싶지도, 다시 떠올리기도,
또 꿈에서라도 마주치기도 싫다고 몸서리를 치지만,
정작 글을 쓸 때나 음악을 만들어 낼 때나
혹은 비슷한 상황의 사람들이 내게 조언을 구할 때나
언제나 나는 그 기억을 서슴지 않고 꺼내고,
끄집어내곤 한다는.

때로는 어처구니없게도 그 악몽 같은 기억에
스스로 필연적인 의미를 부여하기도 하고,
가증스런 아름다움마저도 덮어 씌워 가면서.

하여,
가끔 하는 생각이
예술은 참으로 잔인한 것이라는 생각.
가장 아프고, 치욕스러우며,
한없이 나약했던 순간이
때로는 가장 찬란한 창작의 도구가 되기도 하니 말이다.

비
Rain

'비'

내가 생각하는,

떠올리는,

아님 혹은

마음으로 느끼고 있는

나의 진심에 대해

하늘도 나와 함께 동감하고 있다고

혹은 너무도 이해하고 있다며

내게만 내려주는

신의 눈물 같은 위로가 아닐까.

나는 꿈을 꾸지 않는다

나는 더 이상 꿈을 꾸지 않는다.
꿈은 오직 희망이어서
어려운 지금을 견디어 미래를 바라볼 수 있게도 하지만
그 찬란한 꿈이 밝고 거대할수록
오히려 현재는 작아지게 마련이라
아무렇지도 않을 현실을
순식간에 초라한 나락으로 추락시키기도 함이다.

나는 꿈을 꾸지 않는다.
그저 오늘에 이를 악문 최선을 다할 뿐,
더 이상 미래에 헛된 기대를
희망이란 미명 아래 하지 않는다.

꿈을 꾼다.
그럼에도 불구하고
꿈을 꾸는 사람들의 아름다운 도전에는 아낌없는 박수를.

비록 아직 쥐어지지 않은 공허한 신기루일지라도
혹은 영원히 다가오지 않을 가혹할 불가능일지라도.

꿈을 꾸는 한.
누구도
적어도 멈춰서지는 않을 테니.

인생을 탕진한 죄

삶은 환상을 사랑하지 않으며,
인생을 탕진한 죄에는 오랜 징벌이 따르기 마련이다.
_박 범 신

유학시절 가장 좋아했던 일 중 하나.
서울에서 가족이나 친구들이 보내 주는 우리말 책을 읽는 일.

그 중 내가 가장 좋아했던 작가는 공지영과 박범신 이었는데
언제나 정해진 틀 외의 삶을 살아 볼 기회가 드물었던 내게
공지영의 범상치 않은 삶은 그 자체로 아픔이었고
박범신, 그 글 속에 어린 광기어림과 치기어림의 공존함은
정말이지 내겐 신나는 인식의 추적이었다.
그 때 읽었던 그의 수필집의 한 구절.
한 때 내가 너무너무 좋아해서 따로 적어 지갑 속에 넣어 다닐 정도로.

조숙은 천재의 증거가 아니며
그로 인해 품게 되는 나만의 환상은 결단코 삶이 허락지 않는다.
그렇게 일장의 춘몽을 따라 다니며 탕진한
인생의, 삶의, 시간의 낭비에는 반드시 쓰디쓴 대가가 따른다는,
내게는 정곡을 찌르는 듯 아픔을 주는.

이제
나는 그 대가를 다 치룬 걸까.
아님 아직 더 남아 있는 걸까.
그것도 아니라면 아직도 파우스트처럼
몹쓸 일장의 춘몽을 꾸고 있는 것일까.
버리지 못한 삶의 환상의 끄트머리를
미련조차 버리지 못한 채 아직도 만지작거리고 있는 중일까.

How much do I owe you?
아직 나는 얼마나 더 갚아야 합니까?

적막 속의 강요된 침묵

밖에서 일을 하다보면
가끔은 피할 수 없이 겪는
다소 우울하며
약간은 억울하기도 하고
또 조금은 욱하는 일들.

다 털고, 다 잊어버려야지. 하고 집으로 돌아오면
가장 난감한 것이

바로 집 안 가득 흐르는
'고요'.

고요 속에 요구 되어지는
'침묵'.

사는 것은 어차피 혼자 감내해야 할
외로운 여정이란 것을 잘 알고 있지만
혼자 견뎌 내야는 것.

이제 도가 텄다 싶은데도
가끔은 이 적막 속의 강요된 침묵이
때때로 너무나 버티기 힘들 때가 있다.

어장관리

습관과 타성의 관성은 무섭다.
그것은 마치 어장 속의 물고기가
어차피 예정된 죽음을 알면서도
때 되면 습관처럼 나오는 사료를 그래도 살겠다며
악착같이 달려들어 먹어대는 것처럼.

'어장 관리'
그것을 하는 사람인 것을 뻔히 알면서도
그 어장의 그물을 뚫고 달아날 생각을 하기 보단
오히려 자꾸 그 주변을 얼쩡거리게 되는 이유도
그의 주변을 맴돌면
어장에 뿌려지는 사료처럼 영혼은 없을지언정
무언가 굉장히 기술적으로 뛰어난,
혹은 진심일지도 모른다는 희망을 주는,
혹은 습관처럼 이미 뻔히 예상되기도 하는 각종 반응은
어쨌거나 항상 나온다는 것을 은근 알기 때문.
어차피 예정된 '끝'을 감지하면서도
그래도 하는 수 없이
그 어장 안으로 자꾸만 기어들어가게 되는,
그 슬픈 피학의 관성.

세상에는 많은 담보들이 존재하나
단 하나 주어서도, 받아서도, 요구해서도 안 되는 것이
사람의 진심어린 마음이란 것. 이라는 기도는
어장 안에선 들리지도 않을
어쩌면 물속에서 흘리는 물고기의 눈물마냥
아무도 눈치조차 채지 못할.
한낱 부질없는
그저 공허한 소망.

행복하지 않음의 상태, 평온

행복
행복하지 않음
불행.

이 세 가지의 감정 중에 행복하지 않음을
곧 불행으로 이해했었던 듯.
그러나 이제는 조금 알 것도.
'행복하지 않음'은 그냥 행복하지 않음일 뿐
그것이 곧 '불행'을 의미하는 것은 아님을.

또한
달아날까봐 조마조마한 행복보다
혹은 아파서 견디기 힘든 불행보다
그저 평온하고 고요한 '행복하지 않음'의 상태가
곧 그저 '감사'인 것을.

지금 나의 모드는
조마조마한 '행복'도,
아파서 힘든 '불행'도 아닌,
오히려 감사한 평화. 그리고 평온이
진정한 '행복하지 않음'의 상태.

위로

위로. 참으로 좋은, 그리고 아름다운 말이다.
슬픔을 반으로 애써 나눠주겠다는
그 자발적인 마음에 고마워하지 않을 사람이 있을까.

그러나 본인 방식대로 고집하는,
정작 위로 받고자 하는 사람의 입장 따윈 안중에도 없는
일방적 '위로'는
그저 '자기만족'에 지나지 않는 '폭력'에 지나지 않는다.

혼자서 한껏 격앙된 감정의 가닥을 잡으며 늘어놓는
꼰대 같은 충고 따위들.

쉬고 싶어 하는 사람에게
"아니야. 죽어도 같이 있어줄게."

혹은 반대로
"지금은 절대 혼자 못 있을 것 같아."라고 하는데

"아니야. 이럴 땐 혼자서 조용히 생각을 정리하는 게 좋지."

하며 냉정히 홀로 방치해 두는
이런 본인 위주의 해석이 딸린 위로라는 건
정말이지 그냥 차라리 한 대 시원하게 맞는 게
더 속이 편할 만큼의 엄청난,
그리고 집요한,
그리고 잔인한 폭력이자 정신적 폭행일 수도 있음을
때로 우린 명심해야 한다.

자학의 심연

알게 모르게 우리 주변에는
참으로 많은 '자학'의 대가들이 있다.
스스로를 깔아뭉개 끝도 없는 추락으로
떨어뜨려 놓아야 만이
비로소 평안의 위로를 느끼는 그들의 희한한 심리를
그러므로 나는 잘 알고 있다.

주로 척박한 환경의 천재들이 보이는 이 요상한 심리는
헛되게 자라나는 욕심을,
이루어 지지 않는 희망이라는 '잡초'를
애초에 없애버리기 위한 일종의 제초제 같은 수단으로
'자학'을 택하여
분명히 존재하는,
혹은 존재했던 희망에 대해

하여,
형편없이 보잘 것 없는 현실과 스스로의 본 모습에 대해
'그러니까...'라는 당위와 정당성을 부여하곤 한다.

그러나 나는 또한 잘 알고 있다.
스스로의 가슴에 아프게 생채기를 내고야마는 이들일수록
추악한 상처, 딱 그 흉측한 상처만큼 비례하여
아름답고 예쁜 희망을 참으로 갈망하고 있음을.

"나니까. 안되는 게 당연한. 되는 게 오히려 이상한 나니까"
라고 말하는 그 슬픈 입의 저 반대편의 심연엔

'정말 꼭 나였으면' 하는 동상의 이몽이 반드시 있음을.

아프로디테의 미모

'과유불급'이라는 말이 있다.
넘치면 모자라느니만 못하다는 것이다.

그리스 신화에 등장하는 아프로디테.
그녀는 너무도 아름다운 용모를 지녀
오히려 많은 사람들을 불행에 빠뜨리자
잠들어 있는 그녀에게 제우스는
그녀의 풍성한 머리카락에는 아름다움의 한 방울을
그리고 그녀의 입술에는 외로움의 한 방울을.

하여 미치도록 아름다우나
그 누구의 사랑도 얻지 못하고 외롭고 쓸쓸하게
그렇게 비극적 신의 삶을 마쳐야만 했다.

이런 그녀에게 미모는 축복이 아닌 오히려 '형벌'이었을까.
아님 그 와중에 미모라도 지녀 다행인 '축복'이었을까가
갑자기 뜬금없이 궁금한 순간 문득 떠오르는 말 한마디.

"감사를 모르는 바보에겐 가진 게 많다는 건
고작 축복을 가장한 형벌일 뿐이란."

나의 삶을 온전히 나의 눈으로 바라보고
그것이 기적이었음을 인정하는 것.
사는 동안 기적을 만들어 내는 유일한 수단, 감사.

별 헤는 맘

나는 무엇인지 그리워
이 많은 별빛이 내린 언덕 위에
내 이름자를 써보고
흙으로 덮어버리었습니다.

딴은 밤을 새워 우는 벌레는
부끄러운 이름을 슬퍼하기 때문입니다.

그러나 겨울이 지나고, 나의 별에도 봄이 오면
무덤 위에 파란 잔디가 피어나듯이
내 이름자 묻힌 언덕 위에도
자랑처럼 풀이 무성할 게외다.

_윤동주 〈별 헤는 밤〉

무언가 애타게 간절하여
가슴 속에 적어보는 내 이름을 덮는다.

살아서 세상을 떠돌던 나날들 중에
좋은 날보단
부끄럽고 슬펐던 날이 더 많이 기억에 남아

환히 밝은 해가 비추는 낮보단
오히려 그 부끄러움 감춰주는
고마운 어둠의 밤이 차라리 마음이 편하며
이 기나긴 겨울이 지나고
그 찬란한 봄이 나의 별에도 기어이 와 준다면
그 모두를 감싸며 따뜻이 품어 덮어 줄
그런 자랑 같은 풀이 내 가슴에도
무성하게 자랄 것을 바란다.

그 애타고 간절한
별 헤는 맘으로.

별 하나의 추억과 별 하나의 사랑과
별 하나에 아름다운 말 한마디씩.

그렇게 나도 시인의 마음을 빌어
그처럼 흉내라도 내고 싶으나

내가 사는 세상의 하늘엔 별이 그리 많지는 않아
별 따라 붙이고픈 아름다운 단어도
시인처럼 그리 많지는 못한 것이
또한 슬프다면 슬픈 내 형편이랄까.

진주 목걸이

지금으로부터 20년 전.
엄마는 이 목걸이를 내게 물려주셨다.
명문여대 정치외교학과 씩이나를 나온 엄마는
이북 출신으로 수원에 자리 잡으신 거상의 막내딸로
미모와 지성은 물론 "돈이 대체 뭔가요" 하는
부유한 집안 출신 딸의 전형적 맹함마저 지닌
완벽한 여성(?)이었을 테고
나는 그런 엄마가 같은 방식으로 길러낸
2남 1녀 중 늦둥이 막내, 셋째였으니 난들 무슨 수로 영악했을꼬.

아무튼. 엄마는 지금으로부터 20년 전인 대학시절의 나에게
또 그 당시로부터 약 30년 전인 엄마가 대학시절
그 유명한 '반도 조선 아케이드'에서 거금을 들여 산 목걸이라며
소중히 지니라는 근엄하신 당부의 말씀과 함께
저 목걸이를 물려 주셨는데 어제부로 판명 났다.
저건 진주 목걸이가 아닌,
그저 플라스틱이 진주인 척 하고 있었을 뿐인 가짜 목걸이였음을.

하여, 결론은 엄마는 약 50년 전 누군가에게 거금을 뜯겼고
나는 약 20여 년 전 엄마가 사기 당한 목걸이를
대를 물린 귀한 목걸이라고 여기 저기 자랑하며
'필요이상' 소중히 착용하고 다녔었으니.
무려 2대에 걸친 우리 모녀의 맹함을 대체 어쩌란 말이냐.

그러나 저 목걸이가 잡아먹었다는
거금은 용서하는 걸로.
50년이면
아무리 거금이라도 2대에 걸쳐
선사한 추억, 그리고 착용만으로도
본전만큼의 역할은
충분히 다 해낸 것 같으니.

프란츠 카프카였나.
'변신'이라는 소설.

가족을 위해 죽도록 일만 하던 주인공이
어느 날 갑자기 벌레로 변해버리자
가족마저도 등을 져버리고 그가 쓸쓸히 죽고 나서
오히려 모두가 안정을 되찾는다는 내용이었던 듯.

어린 날, 내가 그 소설을 읽었을 때,
국어 시험문제용 정답은 벌레의 상징은
자본주의사회에서의 철저한 개인의 소외였으나
시험 문제 찍기용 말고, 진짜 진심의 내 감상은
인간은 그렇게 외로운 것이다. 정도?

벌레로 변해버린 나.
아무도 돌아보지 않는 나.
혹은 모두에게 흉측한 나.

결국 없어지고
눈에 보이지 않아야
기어이 찾아와 주는 평화처럼.

바라지 않고
욕심내지 않아야
비로소 찾아와 주는 행복처럼.

목적 없이 떠나는 정처 없는 여행

잔잔하고 감사한 일상이거나,
혹은 견디기 힘들만큼의 괴로운 일상이거나
그것이 아무리 감사함으로 가득 찬,
제 아무리 복 받은 인생이라도
때로는 그 감사함마저도 버겁다며 팽개치고
그 모두로부터 벗어나 도망가고 싶은 날도 있다.
그저 훌훌 떠나도 좋을 일이련만
목적 없이 떠나는 정처 없는 여행이라 함은
또 왜 그리 앞서 두려운 것인지.

다시 돌아올 것을 뻔히 아는 떠남.
그것은 그리 두려울 것도, 무서울 것도 없는
그저 그런 '휴식'에 불과한 것을.

알면서도 그렇게 무섭고 두려움은
아마도 오랜 동안 홀로 지내야만 했던 내 일상이
나도 모르는 새에 그렇게 아픈 두려움이 되어버린 탓일까.

왠지 모를 허전함만이 하루 종일 나와 함께 했던 오늘은
그저 갑자기 겨울의 바다가 보고 싶었는데,
한 번도 만나보지 못한 상상속의 겨울바다,
그 차가움이 오히려 내 가슴을 따뜻하게 해 줄 것만 같은
상상으로 가득 차올랐다.

다시 되돌아 올 것을 분명히 아는 한
떠남.
그것은 고작 아름다운 두려움일 뿐인 것을.

잊었다.
나는 언제나 아무런 일도 없었다.
아픈 만큼 오히려 냉정하게. 차가운 말로만 위로라며
애써 기억을 감추지만,
가슴에 손을 대면 다시 그 자리에.
그대로 만져지는 선명한 기억

그때의 날씨.
그때의 바람과 향기.
그때의 그 거리가 그 자리, 모두 다 있던 제자리에서
마치 어제 일처럼 다시 보여 주지만
아니다. 잊었다. 없던 일이다. 체념하며 돌아선다.

더 깊이 깊숙이
다시는 꺼낼 수 없게
다시는 만질 수 없게
아예 없었던 일처럼 살다가, 그리고 살아가다가
문득 떨어지는 눈물.

눈물.
영혼이 육체에게
나도 살아있다고 말을 거는 유일한 수단.

잔뜩 흐린 오늘. 그때의 그 날씨. 바람. 향기가
문득 가슴에 머무는 5월이 가까운 탓이다.

손은 눈보다 빠르다. 라는 유명한 영화대사가 있었는데.
본능은 이성을 언제나 앞서기 마련이며
감성은 판단보다 항상 빠르고
멍청한 가슴은 언제나 똑똑한 머리를 이긴다.
그러니 살면서 하는 수 없이 스스로에게 늘 하는 거짓말.
괜찮아. 다 잊었으니까.

금강산 여행기 2004.03.27

嬌藝(교예)

아름다운 예술이라 하여
그들은 서커스를 '교예'라 칭했다.

처음 공연을 기다리면서는
그들이 나오면 열렬한 환호로 나의 마음을 전해야지. 하는
다분히 감상적인 생각으로 기다렸으나,
막상 공연이 시작되고 그들이 나오자 알 수 없는 눈물.

무대의 그들과 객석의 우리 사이에는
50년의 세월이 더해져 더욱 두터워진
이념과 세월의 장막이 있을 뿐, 그 장막을 뚫고
내 마음의 온기를 전할 수 있는 방법은 없었다.

유럽에 가면 관상수도원이라는 것을 볼 수 있다.
스스로를 가두어가면서까지 수도를 하는 자들의 수도원인데
그들과 함께 미사를 드릴 수도 있고
식사를 같이 할 수도 있고,
웃으며 다정히 담소를 나눌 수도 있지만,
언제나 그들과 나 사이엔
몇 천 년의 역사를 지닌 녹슨 철창을 사이에 두어야만 한다.

그들이 만났던, 마지막으로 만났던 세상은 모두
벌써 2차 세계 대전도 훨씬 전의 세상일뿐 지금의 세상이 얼마나
삐까번쩍하게 변하였는지는 굳이 누구도 알고 싶어 하지 않고,
알고 싶다한들 마땅히 알 수 있는 방도도 없는.
그 때의 공연장도 그 수도원과 다를 바가 없었다.

그들은 최선을 다해 공연을 하고
우리는 그것을 환호하며 관람하였지만,
절대 함께 할 수 없는
몇 천 년의 녹슨 철창보다도 더욱 견고하여
아예 거두어갈 엄두조차 마음먹을 수 없었던
실로 엄청난 괴리, 그리고 거리.

공연은 훌륭하였고, 모든 것은 완벽해 보였지만
그것은 완벽을 가장한 어쩔 수 없이
'쇼'였다는 마음을 떨칠 수가 없다.

교예.
아름다운 예술이라 하여
그들은 서커스를 교예라 불렀으나
극도의 아름다움은 언제나 그렇듯
가슴 아린 무언가와 항상 함께이다.

구룡폭포 앞

금강원 식당에서

목란관 앞

모기가
가르쳐 준
무시의 미학

모기가 한 마리 계속 앵앵거려서.
결국 이러지도 저러지도.
에라, 환하게 불을 켜고 아예 일어나 앉아 버리니
차라리 속이 후련하게 편하다.

삶의 견고한 행복은 이렇듯 의외로
작은 모기 한 마리에도 쉽사리 흔들릴 수 있으나,
그렇다고 이 새벽에 잠 못 들어 일어나 앉았다고 해서
내 삶을 불행하다 규정할 수는 없음이니
어찌 온 삶이 평탄하기만을 바랄쏘냐.

이렇게 무언가 아주 하찮은 것이
사소하게 앵앵거릴 땐
차라리 마치 없는 냥 포기하거나
못 들은 냥 무시하는 것이
또한 더 할 나위 없는 상책이구나. 를 배우는 새벽이니
단잠을 양보하였으나
이 또한 그리 크게 손해날 건 없는 장사다.

이른 새벽 이른 가을
때늦은 모기가 가르쳐 준
포기, 혹은 무시의 미학이랄까.

아전인수

요즘 남녀노소 누구나 이용하는 SNS.
매일매일 성경구절만 올려서
이 사람은 목사인가 하고 보면
그냥 일반인인 경우가 많고.
매일매일 음악에 대한 서평만을 올려서
이 사람은 음악가인가 싶어 또 들여다보면
그냥 포털 사이트의 지식을 긁어다가 붙인 수준의
애호가인 경우가 더 많다.

소통을 강하게 주장하는 사람일수록 앞뒤가 꽉 막혀
더 이상의 소통이 불가한 경우가 대부분이고
'다름'은 '다름'일 뿐 '틀림'이 아니라며
목 놓아 부르짖는 사람일수록
타인의 '다름'에는 인색하기 그지없기 십상인 듯.

'휴머니즘'.
또 그 휴머니즘을 애타게 주장하시는 분들은 반대로
내게는 따뜻한 인간애를 베풀 마음은 전혀 없이
오직 내가 선처를 베풀기만을 바라는 듯하니
세상은 그저
도처에 아전인수 뿐 인지라.

MUSIC=LiFE

음대로 가는 길 Q & A

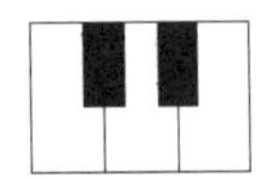

질문의 대답에 앞서…

1

피아니스트.
직업적으로 피아노를 연주하는 사람들.

더욱이 세계적인 수준의 음악인들의 연주를 들어 보면
정말 음악과 하나가 되어 연주한다는 느낌을 받을 수 있습니다.
음악의 전반적인 학문적 해석과 더불어
개인의 인생의 철학이나 느낌 같은 것들도
아주 정중하고, 학구적인 방법으로 그 음악 안에 녹아있음을 발견하지요.

아주 큰 그릇을 갖고 있는 겸손한 대가의 음악을 접하고 나면
느끼게 되는 기쁨과 환희와 감동은 모든 인류에게
그야말로 행복과 뿌듯함 그 자체일 것입니다.

연주는. 글쎄요. 제 개인적인 생각으로는
무대 위에서 최선을 다했다는 전제하에
모두 다 칭찬받아 마땅한 연주라고 생각합니다만
그러나 가끔은 기본적인 테크닉의 부족함, 곡의 이해에 대한 전무함,
템포와 리듬에 대한 몰이해, 악곡의 구성에 대한 무시 등
그야말로 피아노 소리 내기에만 급급한 사람들을 많이 만날 수 있습니다.

듣는 이에게 감동을 주기 보단
불안함과 가슴 조임 같은 그런 불안한 느낌을 선사하는 연주는
기본적으로 '생각하지 않는 연주'에서 비롯되는 일이라 여겨집니다.

항상 연주를 하면서는
왜? 라는 질문을 항상 마음으로부터 해결해 나가면서 연주하기를 권합니다.

왜? 어떻게? 라는 질문에
항상 성실한 대답을 스스로에게 해 주면서 하는 연주.
그리고 나름의 음악관이나 생각들을 듣는 이들에게 전달하려 노력하면서
하는 연주라면 듣는 누구에게라도 깊은 감동으로 다가가지 않을까 합니다.

감동 깊은 연주의 시작은 '생각하며 연주하기'에서 출발한답니다.

무의식으로의 탈피!
무책임으로 부터의 탈피!
물론 말은 매우 쉽지만
실천하기는 아주 어려운 일이겠지요.

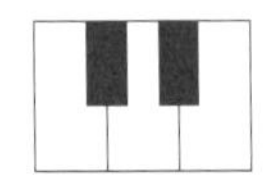

질문의 대답에 앞서…

2

음악이라는 예술의 한 분야에 있어서
아마 가장 어렵고 힘든 부분은 아무리 철저한 준비를 해도
무대에서의 연주에 대한 보장을 할 수 없다는 것이
아닐까 합니다.

연습할 때 혹은 리허설에서 아무리 좋은 연주를 하였다고 해도
만일 무대 위의 연주에서 실수를 한다면 그것은 아무런 의미도 없습니다.
발생확률이 매우 낮기는 하지만 반대의 경우 역시 그렇습니다.

연습이나 리허설에서 아무리 맘에 들지 않는 연주를 하였다고 해도
막상 무대 위에서 좋은 연주를 선 보였다면
그것은 훌륭한 연주라 인정을 받으며 또한 많은 박수를 받을 수도 있을 것입니다.

사람이기 때문에 실수는 어쩌면 당연한 일일 수도 있습니다.

수많은 사람들이 지켜보는 가운데 무대 위에서 연주를 한다는 것은
정말이지 너무나 긴장되고 떨리는 일이기에
그런 가운데서 평소처럼 '연습한대로' 연주할 수 있다는 것은
아주 어려운 일이라고 생각됩니다.

성공적인 연주를 위한 두 가지의 아주 좋은 방법을 추천할게요.

하나는 너무나 당연한 말이지만, 연습입니다.
철저한 연습으로 실수가 나올 확률을 최대한으로 줄이는 것.
될 때까지 물고 늘어지는 '편집적 완벽주의'야말로
우리 음악을 하는 사람들에게는 꼭 필요한 성격이지 않나 싶습니다.

그리고 두 번째로는 심리적인 요소를 들고 싶습니다.
쓸데없이 만들어지는 징크스나, 틀릴 것만 같은 '예감'들은 사실은
아무 의미도 없이 본인 스스로 만들어 내는 심리적인 장애일 뿐이라는 생각이 듭니다.

그러므로 언제나 나는 잘 할 수 있다는 심리적인 '마인드 컨트롤'과 더불어
자신감이 절로 나올 수 있을 만큼의 완벽한 준비.
그것이야말로 좋은 연주를 하는 아주 빠른 지름길이 아닐까 합니다.

그러나 글을 쓰는 저도 그것이 굉장히 힘들고 어렵다는 것쯤은 잘 알고 있습니다.
저도 여러분과 같은 학생시절이 있었을 뿐만 아니라
지금도 연주를 계속 하고 있는, 그러니까 연습과 긴장의 끈을 놓을 수만은 없는
'피아니스트'로 아직은 살고 있으니까요.

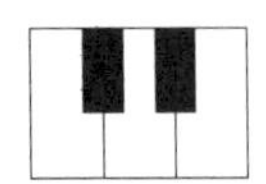

질문의 대답에 앞서…

3

사람들은 성공한 사람들을 보며 언제나 부러워하곤 합니다.

그리고 그렇지 못한 자신의 현실을 좌절하고, 불만족스러워하며,
그럼으로 인해 행복을 잃어버리곤 하지요.

그것은 젊을수록 그 강도가 더욱 심하여 젊을 때의 저 역시
(물론 지금도 무척 젊습니다만. 여기서의 '젊음'은 '학창시절'을 의미합니다.)
언제나 꿈꾸어왔던 '매우 모범적이며, 훌륭한 피아니스트'의 모습과는
너무나도 거리가 먼 저 자신의 모습을 한없이 동정하곤 하였죠.

원하는 고지에 오르기 위해
하루하루 정말 끊임없이 연습하고, 훈련하고, 실패하고, 좌절하고,
때로는 성취하고, 기뻐하며 그렇게 지내는 동안의 기억은
그저 힘들었던 학창시절로만 기억되어질 뿐 그 시절
(그 아름답고, 예쁘기 그지없을 내 인생, 다시 찾아오지 않을 그 학창의 시절)에
별 다른 큰 의미는 별로 두어본 적이 없는 것 같습니다.

그러나 훌륭한 그림을 위해서는
완벽한 밑그림을 그려야함을 저도 많이 늦은 이제야 깨닫습니다.

그리고 그 밑그림은 의미 없는 시간소모의 행위가 아닌,
대작의 완성을 위해 한 걸음씩 다가가는
그 또한 빼뜨릴 수만은 없는 중요한 인생의 한 과정이니
그 과정에도 또한 큰 의미를 부여하며 즐길 줄 알아야 함도.

'되기 위해서'는 '되어가는 과정'도 분명 존재하여야 합니다.
되어가는 과정이 더디고, 어렵고, 때로는 힘들지라도!
그 또한 중요한 한 과정임을 잊지 말고
그 과정 역시 충실히 밟아나가시기 바랍니다.

먼 미래의 성공과 성취를 위해 오늘을 힘들다,
혹은 불행하다 여기며 무의미하게 흘려보내지 마시기 바랍니다.
결국 하루하루 행복이 없이는 미래의 행복도 찾아오지 않으니까요.

결국에 지금의 '미래'는 그 시점에서의 '오늘' 밖에는 되지 않을 것.

'되기'를 원한다면 당신은 이미 '되어가고 있다.'
잊지 말아 주시길.

Ludwig van Beethoven

1. 베토벤 소나타에 관한 질문

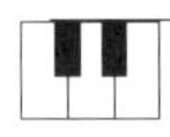

안녕하세요? 저는 고3학생입니다.
다름이 아니라 제가 베토벤 피아노 소나타 18번을 입시 곡으로 하는데요.
곡이 악보를 보기는 쉬운 곡인데, 음악을 만드는 게 너무 어려워요.
그중에 제가 소리를 또랑또랑 못 낸다는 소리를 들었어요. 좋은 방법이 없을까요?
부탁드립니다.

베토벤 소나타의 18번은 해마다 단골로 나오는 입시 곡 중 하나로,
해마다 입시 곡으로 지정이 된다는 건,
그만큼 만만한 곡은 아니란 얘기가 되겠지요?

하여, 질문하신대로, 음악을 만들기가 그리 쉬운 편은 아닙니다.
처음에 나오는 화음들은 아주 작고 평온한 분위기를 내야 하면서도,
처음의 일곱 개의 음들이 하나도 빠짐없이 들려야 하는
(특히 왼손의 베이스는 화음의 성격을 정해주는 '근음'으로써
반드시 작은 악상을 유지하는 와중에도 반드시 은은하고
깊게 울려줘야 하는 중요한 음입니다.) 것이 매우 어려운 점일 것입니다.

첫 동기의 첫 주제는 각 음악분석의 책들에 흔히 표현되기를
'마치 샛별이 창가로 찾아와 가볍게 노크 하는 듯한 신비한 소리'라고 하니
그 음들이 요구하는 분위기는 대강은 이해하리라 생각됩니다.
형용할 수 없는 아름다움과 신비스러움이겠지요.

그리고 셋잇단음표의 스타카토 뒤에 나오는
한 옥타브 위의 제 1주제는
처음 나왔던 주제의 메아리로써 더욱 작고,
신비스러운 분위기를 강조해서 살려주는 것이 중요합니다.
(많은 연주자들이 이 부분에서 왼쪽 페달을 밟는데 상당히 효과가
있을 것으로 생각됩니다. 소리를 작게 해주는 효과 외에도,
한층 신비스럽게 해주는데 효과적이기 때문입니다.)

제 2주제부(45-66마디 B플랫 장조)는
왼손의 전형적인 반주에 아름다운 오른손의 단 선율 멜로디의
표현이 관건이겠죠. 될 수 있는 대로 왼손을 고르고, 작게 해야 하며,
오른손의 단선율의 멜로디는 인토네이션을 잘 살려 아름답게 노래하여야 합니다.

다시 찾아오는 제 1주제, 즉 재현부가 나타나고, 190마디부터는 호화로운 분위기로
곡을 끝내게 해주는 코다로 곡을 마치게 됩니다.

이렇듯 곡의 형식이나, 악보는 간단하기 짝이 없으나, 곡 분위기의 표현이나,
각각의 디테일들(예를 들면, 자주자주 등장하는 스타카토들이나 트릴들,
특히 이 트릴들이 고르게 들려야 특유의 화려함을 표현할 수 있겠죠?
그리고 부분과 부분 사이의 연결되는 부분의 오른손 멜로디 독주,
이것은 레가토로 노래하듯이 연주되어야 하며, 박자의 변화 또한 정확하게 지켜야 합니다)을
연주하기가 어려운 점으로 꼽힐 수 있겠네요.

질문하신 또랑또랑 한 소리는 곡의 전체에 전부 다 필요하다고 보진 않습니다.
각각의 부분이 요구 하는 소리를 변화무쌍하게 그려 주는 것이
아마 더 중요할 것이라고 생각이 되고,
그러기 위해서는 아까 설명한대로 곡의 부분 부분을 잘 나누어
(제 1주제, 제 2주제 발전부, 재현부, 코다) 각 부분의 성격을 잘 분석한 후,
그 부분이 요구하는 소리를 잘 표현해 보는 것이
더욱 프로페셔널 한 음악을 만드는 일이 아닐까 생각합니다.

Beethoven Piano Sonata No.14 '월광'의 경우,
이 곡 빠르기는 대략 어느 정도 쳐야 할까요?

빠르기를 대략 어느 정도 치면 되느냐? 하고 물으셨는데요.
딱 잘라 대답하기 어렵습니다. 음악은 수학이 아닌 고로.

예를 들어 "제가 프레스토이므로 168-200 사이로 치셔야 합니다."라고 한들
연주가가 어떤 테크닉을 가지고 있으며
어떤 음악적인 느낌을 부여하고 싶은 지가 더 중요하니까요.
그리고 그렇게 연주했을 때 과연 어떤 느낌으로
음악이 들릴지를 깊이 고민해야 하는 것이 우선입니다.
음악은 수학이 아닌 고로,
"이 템포가 정답입니다."라고 잘라 말 할 수는 없습니다.
(그래서, 그렇게 정답이 없는 것이어서, 예술이며, 또한 더욱 어려운 것이지만요^^)

다만, 이 곡은 불같은 정열을 표현해야 하는 곡이므로
위력적이고, 분노에 차고, 폭풍이 휘몰아치는 듯한
분위기를 표현할 수 있는 템포이면 맞는 것 같습니다.
또한 본인이 소화할 수 있는 테크닉도 고려하여야 하겠죠.
무턱대고 빨리치는 것만이 능사는 아니라고 생각합니다.

또한 메트로놈을 못 맞추겠다는 것은
메트로놈과 본인의 연주소리를 같이 듣는 것을 잘 하지 못하거나,
리듬의 이해가 부족하다는 뜻이 될 것 같습니다.

우선은 잘 듣는 훈련이 많이 필요할 것 같고요, 리듬의 이해, 이를테면 첫 박,
혹은, 강박과 약박의 위치 등 리듬에 대한 이해도 많이 필요할 것 같습니다.

Beethoven Piano Sonata No.23 '열정' 3악장을 치고 있습니다.
어떤 교수님은 또랑또랑하게 예쁜 소리를 내라고 하시구요, 다른 교수님은 베토벤의 성격과 같이 건방진 듯 치라고 하시는데 어떤 스타일로 쳐야하는지 헛갈려요.
그리고 콩쿠르나 시험에 나가면요, 자기 하던 것의 80% 밖에 실력 발휘를 못 한다고 하시는데, 떨지 않고 자신감 있게 치는 방법도 있나요?

'열정'은 베토벤의 소나타 중 가장 훌륭한 곡 중 하나로써
소화하기 아주 까다로운 곡입니다. 일단은 '열정'이라는 제목에서도 느껴지듯
이 곡이 원하는 소리는 또랑또랑한 예쁜 소리는 전혀 아닙니다.
베토벤의 성격처럼 건방지게 치라는 것도 또한 저는 이해하기 어렵습니다.

실제의 베토벤의 성격이 건방졌는지는 우리가 전혀 알 수 없으므로
그의 성격을 재현해 내는 것은 불가능 하고,
오히려, 많은 문학작품과 위인전기 작품 속에 등장하는 베토벤은
끊임없이 성찰하고, 고민하고, 번뇌하고, 세상을 향해 따뜻함으로 나아가고자
했던 것으로 많이 묘사되고 있어 건방진 일면만을 강조할 수는 없으니까요.
오히려 건방지다는 표현보다는 예술가로서의 자부심과 자존심이 강했다고
표현하는 것이 더 옳은 표현 같습니다만.

이 곡의 음색은 정열과 몰아침, 운명의 거역, 그 최후의 심판을 알리는
나팔소리 등등으로 많은 책에 묘사되어 있고, 저 또한 이에 동의합니다.
특히 처음 도입부의 강한 연타들은 '광폭한 정열을 풍기며 뒤에 이어지는
제1주제를 이끌어내는' 역할을 해야 하지요. 이 곡은 시종일관 16분음표의
진행으로 이어지는 만큼, 끝까지 긴장감과 박동감 등으로 일관하여
숨이 막히는 열광적인 흥분으로 듣는 이를 이끌어내야 합니다.

하다못해 전개부(118-211마디, 내림 나단조) 오른손의 너무나도 아름다운 주제
멜로디마저도 왼손의 16분음표의 반주에 따라 긴장감을 늦출 수 없는, 고요 속의
몰아치는 듯한 느낌으로 연주 되어져야 할 것입니다. 소리는 느낌에서 나오는 경우가
많습니다. 그러므로 곡을 이해하고자 많은 노력을 하시구요, 여러 사람들의 음반을
듣고 그 느낌과 해석을 비교해서 들어보는 것도 좋을 듯합니다.

이번에 대학을 지원하는 입시생입니다. 레슨은 일주일에 2번 실기 지도 선생님께 받고 있어요. 저는 이번 입시 곡을 베토벤 피아노 소나타 8번 '비창'의 3악장으로 정했어요. 비창 3악장이 다들 수준이 낮다 이렇게 말하지만, 그래서 이 곡 말고 '월광' 3악장 등 다른 입시에 더 적합한 곡들을 할 수도 있겠지만 제 연주가 베토벤이랑 정말 어울리지 않는다고 생각하기 때문에, 또한 월광 3악장을 친다고 해도 터치가 너무 약해서 잘 표현할 수 없을 것 같기에 이 곡으로 정했는데, 대입 실기시험 과제곡으로 괜찮을까요? 솔직히 주변에서는 다른 사람들 치는 것보다 쉬운 수준이라고들 말을 합니다만 그 사람들은 내가 치는 곡이 어떤 곡 인줄을 알지만 그 곡을 치는 당사자가 어떤 사람인지 모르기 때문에 그렇게 말을 하는 거 아닐까요?

일단은 쉬운 곡, 수준이 낮은 곡이란 없는 것 같습니다.
(만일 그 이야기를 작곡가인 베토벤이 직접 들었다면, 매우 화를 냈지 않았을까요???
한 곡 한 곡 피땀 어려 쓴 소중한 곡들일 테니까요.^^*)

그리고 힘이 약해서 '월광'의 3악장 등을 칠 수 없다고도 하셨는데.
그렇다면, 타 건의 터치가 약하다 판단되었다면,
베토벤의 초기의 소나타가 더욱 좋았었을 것 같기도 합니다만,
베토벤의 초기 소나타 즉 2번의 1악장, 3번의 1악장, 6번의 1악장, 7번의 1악장 등등이 입시 곡으로는 학구적이면서도 입시 곡으로 연주하기에 무난하리라고 판단되는데요.

'비창'의 3악장은 일단은 소나타 형식이 아닌 론도의 형식으로서
소품적인 성격을 지니고 있고, 단독으로도 많이 연주되는 유명한 곡이긴 합니다만,
글쎄요. 지극히 개인적 의견으로는 제 제자가 대학 입시를 본다면,
추천하고 싶은 입시 레퍼토리는 아닌 것 같습니다.

그러나 모든 곡은 훌륭하게 소화하기 나름이며,
또 담당선생님께서 주신 곡이라면,
또한 나름의 타당한 이유가 분명히 있을 것으로 보이니
실기 지도 선생님을 믿고 일단은 열심히 준비하는 게 가장 좋을 듯합니다.

예고 입시를 준비를 하고 있습니다.
베토벤 피아노 소나타 Op.78 24번의 1악장을 입시 곡으로 공부 하고 있는데
베토벤 소나타는 아마 입시에서 높은 점수를 받기 어려운 곡이라 들었는데
사실일까요?
그리고 무대공포에 대한 조언도 듣고 싶습니다.

절대 입시에서 점수가 안 나오는 곡은 없습니다.
점수가 안 나오는 연주가 있을 뿐이지요. 자신 있게 연주하세요!!!

무대에서의 공포는 무엇보다도
자신을 믿는 마음의 부족에서 오는 경우가 많습니다.

자신을 믿어 보세요.
그러기 위해서는 자다가 일어나 피아노를 친다고 해도,
완벽한 음악이 나올 정도만큼의 피나는 연습이 뒷받침 되어야 하겠죠.
실지로 저는 밤에, 새벽에 불시로 전화해 제자들을 깨워 연주를 시키곤 했답니다.
(잔인할지언정)

그런 다양한 노력이 선행 된다면,
자신감은 따라올 것이고
무대의 공포도 사라지리라 믿습니다.
그리고 많은 무대 경험도 도움이 되겠지요.

베토벤 피아노 소나타 18번에 1악장이요. 지속음 소리는 거의 안 들리고
위 선율 소리를 잘 내야 하잖아요. 코드 누를 때도 변화하는 위 선율을 잘 표현해
내어야 하는데 그게 좀 힘들어요. 소리가 많이 빠집니다. 오른손 지속음과 왼손이
너무 크고. 소리도 고르게 안 나는데 어떻게 연습해야 해결할 수 있을까요?
또한 답변해 주신 글들 중에 손가락을 높이 치켜들면 미스터치의 확률이 많아진다고
하셨잖아요. 전 연습할 때 손가락을 다 따로따로 들고 독립시켜서 연습하는데
이렇게 연습 하면 미스 터치가 생길 우려가 있나요?

손 모양에 대하여서는 일단은
본인이 느끼기에 손가락을 하나하나 들어서 연습함으로 인해,
손가락의 힘이나 사운드가 더욱 강하게 돼야(꼭 왜 강한 것만이 좋은 것인지.
왜들 그렇게 생각 하시는 건지도 사실은 저는 잘은 이해하지 못하겠습니다만,
소리는 곡이 원하는 분위기에 따라서 천 가지, 만 가지로 변화무쌍하게
표현 되어져야 하는 건데요^^*) 한다면야, 뭐 문제가 될 건 없다고 생각합니다만
연습이라는 것의 의미가 '실전의 성공을 위한 좋은 습관들이기' 라는 점에서는
조금 위험한 것 같습니다.
아무래도 연습 때하던 손모양이 습관적으로 연주 때 나오겠죠?
일단은 여러분들께서 질문 하실 때, 손모양이 연습 때, 악보 볼 때,
또 연주 때가 각기 다르다고 말씀하시는 것에 사실 저는 매우 놀랐습니다.

손의 모양은 사운드(표현 하고자 하는 소리의 모양, 느낌, 색깔)에 따라 달라져야 해요.
(예를 들어 날카로운 소리를 표현하고자 할 때는 손끝을 예리하게 세우게 되고
부드럽고 노래 하고자 하는 부분에서는 아무래도 손가락의 살 부분이
가장 많은 쪽을 이용하게 되는) 연습 때의 손가락 모양이 연주 때의 모양과 다르다면
연주 때 이용하지도 못할 손의 모양으로 왜 연습을 하는지.
그 연습의 의미와 이유가 없어지게 되는 건 아닐까요?
암튼 이 부분은 우리 더 많은 시간을 갖고 자주 대화해 보아야 할 것 같습니다.

손가락을 버쩍버쩍 들면서 피아노를 치는 건 안 좋은 '연주'의 방법입니다.
말씀 드린 대로 스피드에도 영향을 받을 뿐 아니라.
미스 터치에도 큰 영향을 미치니까요.

저는 늦은 나이에 입시준비를 하고 있는데요.
Beethoven Piano Sonata No.21 '발트슈타인' 소프트 페달에 관해 질문합니다.
보통 연주하는 사람들을 보니 앞에 도입부분에서 피아노 시모의 왼손과 오른손의
연타부분에서 소프트 페달(왼쪽 페달)을 많이들 쓰던데 소프트 페달을
안 쓰는 사람도 있나요? 아니면 보통 다들 이 부분에선 소프트 페달을 쓰는 건가요?
정말 아무리 거기만 부분연습을 해도 연습할 때뿐이지 막상 레슨을 가면
또 잘 안 되고 어렵습니다.
소프트 페달은 아직 저희 선생님께서 하라고 가르쳐 주시진 않았지만
다른 연주자들의 연주를 참고하니 필요한 듯도 싶어 질문을 드립니다.

페달은 피아노에 따라 홀의 울림의 정도에 따라 당연히 유동적이어야만 합니다.
그러니까 아무리 연습 때 흔히들 하는 방법대로 적어 넣은 대로 페달을 밟았다고 해도
연주회장이 울림이 많은 곳이라면, 반드시 페달을 줄여야 하겠죠.
그리고 아무리 페달사용을 안했던 부분이라도 피아노가 건조한 소리를 낸다면
풍부하게 사용되어야 합니다. 그러므로 "페달에 대해서도 반드시 정해진 대로
연습한대로 지켜가며 사용해야 한다."라고 말씀을 드릴 수는 없습니다.
다만, 원론적으로만 이야기를 하자면 흔히 쓰는 오른쪽의 페달은 소리를 풍부하고
아름답게 만들어 줍니다.(특히 레가토의 보조수단으로서 많이 사용하지요?)

왼쪽 페달(언급하신대로 소프트 페달)은 소리를 어둡고 둔탁하게 만들고 싶을 때,
혹은 급작스러운 피아니시모나, 신비스러운 소리(가장 적절한 예가 리스트의
'라 캄파넬라'의 제일 앞부분이 되겠습니다. 이를테면 아주 작은 피아노 소리로
종소리로 표현하여 어딘지 모르는 저 먼 곳에서 들려오는 종소리로 표현해야 할 때)
사용됩니다. 그러므로 발트슈타인의 제일 앞부분도 작고 긴장되는 소리로 연주를
하고자 한다면 왼쪽 페달을 밟을 수도 있습니다.

반면, 샘 여림 상, 작은 피아노의 악상이지만 표현하고자 하는 의도가
자신감 있는 도입부로써 역할이라고 생각하여 그렇게 해석한다면,
굳이 왼쪽 페달을 안 밟고 손으로만 작게 표현하여 연주할 수 있겠습니다.
일단은 담당 선생님과 함께 곡의 연주와 해석에 대한 방향을 정하시고
왼쪽 페달의 사용여부를 결정하심이 좋을 듯합니다.

안녕하세요.
베토벤 피아노 소나타 24번의 1악장이요.
'Adagio' 부분에서 풍부한 소리가 나야 한다는데
어떤 식으로 연주해야
풍부한 소리로 연주할 수 있을까요?

답변 드립니다.
일단은 '아다지오 칸타빌레'의 4마디의 서주는 언급하신 내용이 맞습니다.
깊고 풍부하고, 따스하고 로맨틱하고 아름다운, 그런 음색으로 표현 되어져야 합니다.

특히 이 소나타는 베토벤의 소나타들 중 다른 곡에서는 볼 수 없는
따스함과 로맨틱한 색채를 띠고 있어, 곡 전반에 걸쳐 칸타빌레와 레가토의 표현이
매우 아름답게 이루어져야 하며, 질문하신대로 따뜻하고, 깊고,
서정적인 음색의 표현에 중점을 두어야 합니다.

베토벤 스스로도
"이 소나타는 우아하고 사랑스러운 선율을 풍부하게 담은 것이 특징이며,
베토벤 특유의 피아노의 관현악적인 효과를 배제하고 피아노 본래의 섬세한 표현에
중점을 두어 연주하여야 한다."고 했다고 해요. 베토벤 자신도 이 곡을 상당히 마음에
들어 하여, 많은 지인들에게 직접 소개하는 등의 애착을 가졌다고 합니다.

그럼 질문의 본질로 돌아가 '어찌하면, 깊고, 아름다운 소리를 낼 수 있을까?' 하는
점에 대하여 말씀을 드린다면, 소리의 표현은 일단, 그 음악에 대한 이해와 사랑이
선행되어야 하며, 그리고 난 후엔 그러한 이해와 분석에 가까운 느낌을 살리고자
노력하여야 합니다.

다시 말해 깊고 아름다운 소리를 내는 테크닉이란 없습니다.
깊고, 아름다운 소리를 위해선 깊고, 아름다운 마음과 느낌으로 연주를 듣고
소리를 조절해야 할 것 같아요.

특히 이 곡은 '마리아 테레제' 라는 아름다운 여인에게 헌정된 곡이라 하니,
혹 모르겠습니다. 베토벤이 그 아름다운 여인을 흠모하였었는지도.

그렇다면 이 곡에는 사랑의 느낌도 있어야 하고 많은(영화나 ,소설이나, 혹은 직접의 경험)
경험으로 알고 있는 그런 따스하고 우아한 느낌들이 음악 속에 녹아 묻어 날 수 있게,
그렇게 연주하도록 해야겠지요.

소리는 마음에서 나오는 것이므로 테크닉보다 우선으로 '듣는 것'이 먼저 훈련되고,
실천 되어져야 합니다. 그러니까 음악이 '소리의 예술' 아니겠어요?
테크닉적인 방법으로만 모든 연주와 관련된 일들이 해결이 된다면, 그건 예술이 아닌 스포츠이겠지요.
아무리 아름다워도 수중 발레나, 리듬체조가 예술로 분류 되지 않고 스포츠로 분류되는 이유,
비슷한 종류의 '무용'이란 것, '발레'라는 것은 왜 예술로 분류되는가를 한 번 잘 생각해 보세요.

그리고 테크닉적인 면으로 조언을 드리자면,
깊게 건반을 누르며('세게'가 아닌, 깊게, 끝까지) 그리고 손가락 번호를 잘 이용하여
손으로도 최대한 레가토가 되게 한 다음 페달의 도움을 받는 것이 좋습니다.
(특히 화음의 연결인 경우, 페달에만 의존하여 레가토를 하면 음악이 결코 아름다워지지 않습니다.)

'알레그로 마 논 트로포'의 제1주제도 왼손의 레가토를 신경 쓰시고요.
작은 가운데서 레가토가 잘 되게 하고, 오른손은 밝고 깨끗한 소리로 들릴 수 있도록
노래하며 연주하여야 합니다.

아름다운 곡이니. 진심으로 아름다운 마음으로 연주하시길.

베토벤의 피아노 소나타 No.31번에 관한 질문입니다.
굉장히 음악성이 좋아야 이 곡을 잘 다룰 수 있다고 하던데요.
어떻게 음악을 만들어야 할지 고민이 됩니다.

구성은 자유로워 각 부분이 뚜렷이 구분되지는 않아
악식상의 분석은 그리 중요하게 여겨지지 않습니다.

특색 있는 것은 음악의 나타냄 말들이
종래의 재래적 수법을 떠나 음악적인 것보다는
심리적인 묘사의 형용사를 주로 사용한 것이 특이점이라 할 수 있겠네요.

예를 들어,
1악장의 첫머리에 명시되어 있는 'Con amabilita-(Sanft)'는
일치하기 보다는 서로 상반되어 보충하는 식의
'사랑스럽게', '부드럽게'로 해석 되어질 수 있겠습니다.

푸가악장의 앞머리에는 '비탄의 노래(Klangender Gesang)'라고 쓰고,
푸가의 중간에는 '지쳐 한탄하며(Enmatte Klanggend)'로 표현되고
푸가의 주제가 최후에 나타나는 곳에서는
'점차로 소생하듯이(Poi a Poi di nuove vivente)'로 음악을 유도하고 있습니다.

베토벤 피아노 소나타 11번에 대한 질문입니다.
이 곡은 제가 많이 들어본 적이 없어서 감이 전혀 안 잡히는데
어떤 느낌으로 연습을 해야 하는 건지
대략적인 설명을 부탁드립니다.

베토벤 피아노 소나타 11번.
이 작품은 베토벤 특유의 우울한 표정 대신 밝고,
기쁨을 발산하고 있다는 점이 특이점이라 할 수 있겠고요.

1798년 즈음 베토벤이 최고의 피아니스트로서 활동하고 있을 당시에
작곡된 곡이므로 기술적으로도, 음악적으로도 매우 훌륭한 곡이라 할 수 있습니다.
(이 작품으로 베토벤의 초기의 작품은 마무리가 되고,
12번부터는 베토벤의 중기 소나타로 분류가 됩니다. 참고로 알아두시길)

처음 시작의 도입부(이 도입부는 1악장 전체를 통일시키는
중요한 의미를 가진 부분으로 의미 있게 다루어져야 합니다)도
작은 다이내믹으로 시작, 도입부와 같은 형태의 상승부로 이어져
아름다운 멜로디로 연결 되지요?

제2주제(30-55마디)는
봄날의 따스한 햇살 같은 평화스런 느낌으로,
첫3마디가 첫 주제,
그다음 38마디부터 첫 주제를 반 박자씩 뒤로 미루어 어긋나는 형태로 변주,
그리고, 마지막 아르페지오 형식의 페시지로 55마디에서 마칩니다.

그리고는 짧은 코데타와 전개부 그리고 규칙적인 재현을 하는 재현부,
그리고 조만 바뀐 코데타. 로 형식은 무척 간단한 곡입니다.

저는 전문대에서 피아노 전공하는 학생입니다.
기말고사 곡으로 베토벤 소나타 26번 '고별' 전 악장을 공부하고 있는데요.
3년 전에 배웠던 곡이긴 한데 기억이 가물가물하고 어떻게 연습을 해야 될지
모르겠습니다. 그냥 학교 실기 선생님께 레슨만 받고 있는데
실기시간이 매우 짧다 보니 많은 어려움이 있네요. 그래서 거의 제가 혼자서
공부해야 하는 만큼 곡의 전반적인 것에 대해 가르쳐 주시면 안 될까요?
그리고 어떻게 연습을 해야 할지도 좀 가르쳐 주시기 바랍니다.

답변드립니다. 1악장은 아다지오의 서주부로 시작되는데
이것은 이미 베토벤이 명시한 'Lebewohl'의 〈미, 레, 도〉 그 세 음으로 시작됩니다.
'Lebewohl'란 독일어로 '고별'을 뜻하는 만큼 작곡가가 명시한 〈미, 레, 도〉는
아무래도 고별의 애틋함과 사랑하는 친구(이 곡은 절친한 친구이자 후원자였던
루돌프 대공에게 헌정된 곡이랍니다)에 대한 따스한 감성이 느껴지도록
연주해야 합니다. 이 〈미, 레, 도〉는 1악장 전체의 아주 중요한 동기가 되며,
시종일관 변주, 전환, 확대 혹은 축소가 되어 곡을 이끌어나가는
중요한 역할을 하게 됩니다.

제1주제는 긴 점 2분 음표 뒤의 기세 좋은 리듬을 타고 발전하나,
기본의 주제는 서주부의 미, 레, 도입니다.
알레그로의 세 번째 마디의 마지막 4분음표음('p'로 시작되는)의 왼손을 보면 솔, 파,
미로 서주부의 주제가 나오고
34-62마디의 제2주제에는 에스프레시보라는 나타냄 말의 지시로 최상성부의
온음표가 3마디에 걸쳐 주요 동기 미, 레, 도를 등장시키며 시작이 됩니다.
그런 주제의 세세한 표현과 디테일한 연주가 중요하겠죠?

2악장은 Die abwesenheit 즉 '부재'(아니 부, 있을 재. 자리하지 않음)라는
제목을 달고 있습니다.
1-8마디의 제1주제는 친구의 '부재'에 따른 외로움을 표현한 것으로 보이고
첫 마디의 화음은 사단조의 7도 9화음으로 불안과 초조한 감정을 표현한
화음의 사용 수법이라 봐야 맞을 것 같습니다.

제2주제(15-19마디)사장조는 버거웠던 지난날들을 회상하는 느낌이 서려있습니다.
희망을 기원하는 듯한 사장조의 딸림화음으로 시작하여 가요다운 아름다운 선율이 쓸쓸하나,
재회를 기다리는 심정을 나타낸 듯한 느낌으로 연주하면 좋을 것 같습니다.

3악장(소나타 형식)은 우리 학생들에게 각종 시험이나,
콩쿠르 곡으로 가장 각광받는(^^*) 악장으로 매우 친숙할 것입니다.

독일어로 쓰인 나타냄 말을 우리말로 직역하면, 재회, 생생한 급속도로. 라고 되어 있습니다.
재회의 기쁨을 알리는 듯한(아!!! 하는 것과도 같은) 내림 마장조의 화음 뒤,
시원한 아르페지오로 곡이 시작되는데, 특히 5, 6, 7, 8마디의 저음성부는
사람들이 뛰어나와 손을 들어 환호하는 듯한 장면을 연출하듯 연주합니다.
(참고문헌 베토벤 소나타의 분석과 연주-작은 우리출판사)

11-52마디의 제1주제는
경쾌한 움직임의 특수 형태의 리듬을 등장시켰는데
이 부분은 오른손의 아름다운 선율의 표현과 레가토,
그리고 오른손의 아름다움을 방해하지 않을 만큼의 가볍고 작은 왼손반주가 관건이 될 것 같습니다.

53-81마디의 제2주제는
잔잔한 내성의 움직임(16분음표의 내승은 반드시 잔잔하게 연주되어야 하는데
이것 또한 많은 연습이 필요한 어려운 부분일거라 생각이 되네요) 가운데
오른손과 왼손의 외성(바깥 음)이 대화하듯 이끌어 나갑니다.
관건은 오른손의 위 소리와 왼손의 아름다운 멜로디의 화합이며,
양 손의 내성은 잔잔한 분위기로 이들의 화합을 방해해선 안 된다는 것이라고 봅니다.

176마디의 코다는
재회의 기쁨이 가라앉은 후의 '평화와 안정' 같은 느낌으로 연주해야 하며,
반복되는 제1템포 부분은 환희의 절정을 그리며,
힘찬 3개의 화음으로 끝을 맺으면 될 것 같습니다.

베토벤 피아노 소나타 12번을 하고 있는데요.
variation 끝나고 스케르쵸 부분 나오잖아요.
그런데 variation 속도에 스케르쵸를 맞춰서 연습하다보니
속도가 이상하게 느껴져요. 너무 느리다고 생각되거든요?
제가 variation 부분 할 때 메트로놈 76정도에 맞춰서 했는데
그럼 스케르쵸 부분에서는 빠르기를 어떻게 해야 될까요?
(variation 부분은 안단테라고 쓰여 있고요.
스케르쵸 부분은 몰토 알레그로라고 쓰여 있는데
그렇게 쓰여 있기는 하지만 어떻게 박자를 맞춰야 할지 모르겠습니다)

아. 일단은 곡을 잘못 이해하고 계신 듯합니다.

안단테의 변주는 1악장이고,
알레그로 몰토의 스케르쵸는 2악장입니다.
(그러므로 바레이션 부분, 스케르쵸 부분이라고 말할 수 없습니다)

두 개는, 두 개의 각각의 독립된 악장이므로 템포를 맞춰서 연주할 수 없습니다.

1악장은 서정적인 가요형식의 아름다운 안단테로.
2악장은 명랑하고 익살스러운 스케르쵸의 성격으로 연주하셔야 합니다.

저는 현재 대입 입시생이구요,
입시 곡으로 베토벤 소나타 2번과 쇼팽 에튀드 10-4번을 공부하고 있는데
조금 늦게 곡을 공부하기 시작해서 어려움이 너무 많습니다.
우선 베토벤 소나타 2번은 보기보다 너무 까다롭고 연습해야 할 것도 많고
손가락 독립이 잘 안 되어 있는 저에겐 너무 어려운 점이 많습니다.
중요한 포인트나 효율적인 연습방법이 있다면 좀 가르쳐 주세요~^^
참, 그리고 첫 페이지 둘째 단에 손으로 멜로디를 레가토 시켜야 하는 부분 페달은
어떻게 밟는 것이 좋은가요? 레슨선생님께서 가르쳐 주시긴 했는데
조금 다른 방법도 알고 싶어서요.

베토벤 소나타 2번은 초기의 소나타 중
가장 화려하고 맑은 아름다움을 가진 곡으로
일단 입시용 곡으로는 아주 좋은, 적당한 곡이라고 판단됩니다.

이 곡은 대범한 그리고 화려한. 하여,
기술적인 문제의 해결과 음악의 표현이 관건이며
(가장 어려운 부분-160마디부터 등장하는 10도 꾸밈 음. 사실 이 꾸밈음은 아무
의미도 없이 불쑥 나타나서 많은 연주자들을 괴롭히는데 초기의 작품에서 자주자주
볼 수 있는 음정이며, 수법은 스카를라티의 수법에서 비롯된 것이라 생각됩니다.)

제 2주제의 아름다운 선율(에스프레시보espressivo라고 적힌 부분,
58-115마디, 마단조)은 형용할 수 없는 아름다움에서 출발,
미친 듯한 크레센도로 몰아가야 합니다.
그런 악상의 변화 또한 극적으로 표현하는 것이 매우 중요한 점으로 꼽을 수 있겠네요.

그리고 폐달은 언급하신 그 부분은
첫 음 '미-스포르잔도'는 페달이 없고, '피아노'로 시작되는 부분은 1/4폐달
(폐달을 꽉 다 밟지 않고, 얇게 밟는 수법이에요)로 각 음마다 연결 페달로 밟고,
크레센도 되는 부분부터는 full페달로 역시 각 음마다 밟고 끝 부분,
스타카토의 화음은 짧게, 짧게 밟는 것이 좋다고 생각해요.

F. F. Chopin

2. 쇼팽에 관한 질문

Chopin Piano Etude Op.25-No.11 '겨울바람'.
도무지 연습을 해도 느는 게 보이질 않습니다. 앞부분에 오른손 반음 스케일이.
제가 엄지에 힘이 많이 들어가서 선생님께서는 앞에 음에 점을 붙여
붓점 연습만 하라 하셨거든요. 제가 예전에 배웠던 선생님은 앞 붓점,
뒤 붓점 연습을 같이 하라고 했거든요. 그렇지 않으면 음이 절뚝거릴 거라고.
게다가 저는 릴렉스가 잘 안 되어서요, 손끝으로 치는 것 같지 않고,
뭐랄까 주먹으로 치는 기분이 듭니다. 좋은 연습 방법은 없을까요?
또한, 손가락을 들어서 하는 연습이요. 손가락이 붙어서 움직이면
소리가 뭉칠 수 있고 또 또렷이 안 들리잖아요.
그래서 독립적으로 손가락들을 떨어트려 주기 위해 연습하는 것이라고
들었는데(제 레슨 선생님이 시키시는 거거든요) 많이 안 좋을까요?
그러면 그렇게 연습하지 않고 어떻게 연습하는 것이 효과적일까요??

일단은 굉장히 답변을 드리기 조심스럽습니다.
왜냐하면 담당 선생님께서 요구하시는 연습방법이 그렇다면
일단은 무조건 믿고, 따르는 것이 원칙이기 때문이죠.
다만, 손의 모양은 아주 편하고도 자연스러운 모양으로 '연주' 되어져야 하고,
특히 레가토의 경우, 근육의 효율적인 사용을 위해서는
빠른 곡일수록 동선을 줄여 주어야 한다는 것입니다.
(혹시 그런 방법으로 연습하실 때, 팔이 아프거나 하지는 않으세요?)

이것은 말씀하신 손가락이 붙어서 움직이는 것과는 다른 의미이구요,
독립적인 손가락의 움직임을 부정하는 것도 아닙니다.
저의 연습 경우에는 독립적인 손가락의 움직임(?)과 한 음, 한 음 강하고
(꼭 강해야만 하는 부분이라면) 또렷한 소리를 위해서,
물리적인 손 모양을 바꾸지는 않았습니다.
다만 더욱 예민하게 귀를 사용하였을 뿐이지요.
원하는 소리를 내기 위해 더욱 릴랙스를 하고, 손가락의 독립을 위해
논 레가토의 방법을 사용하기는 하였으나, 손가락을 치켜들어 건반을 때린다든지(?),
리듬을 바꾸어(부점) 연습을 한다든지 하는 경우는 없었습니다.

예를 들어 쇼팽 에튀드 '겨울바람'의 경우 같은 패시지를 정해
(예를 들어 16분 음표 2개씩, 4개씩, 6개씩, 8개씩 등을 몇 번씩 반복하고, 이어 그다음 패시지도
동일하게 같은 방식으로 등등의 방법을 사용한 적은 있습니다. 이때에도 손의 모양을 가장 편안하고
팔도 최대한 릴랙스를 하여, 몇 시간을 연습하여도 하나도 팔이 아프지 않을 정도의 편안함으로
연습했어요. 그러고는 오른손의 레가토와 악상기호를 과장되게 지키는 연습을 많이 하였던 것 같습니다.
왼손도 마찬가지로 음악을 만들고 천천히, 정확하게 악상을 과장되게 지켜 프레이즈(이음줄로 묶여진
한 문장을 음악적 용어로 프레이즈라 합니다.)를 만들려 하였고요.

대부분의 경우 오른손이나, 왼손이 음악적으로 들리지 않거나 때리듯이 악상을 잘 지키지 못하고,
두 손이 음악적으로 화합하지 못 하는 경우가 아마도 두 번째 연습과정이 없거나,
소홀한 경우인 것 같습니다.(천천히 과장되게 악상을 지켜 정확하게 내 것으로 소화해 내는 과정)

저는 항상 제자들에게 에튀드를 치는 초반에는 두 가지를 주의해주어요. 아까 말씀 드린 대로 팔을
최대한 릴렉스 하여 한 음 한 음을 논 레가토로 연습하고 그것이 완벽하게 되면, 한 손 한 손, 따로 따로
최대한 과장하여 음악적으로 표현하기(제가 자주 예로 드는 표현은 녹턴이라고 상상하라! 입니다)

이렇게 완벽하게 연습이 되면 두 손을 같이 연주하면 되고요. 그리고 나면 두 손의 화합이나,
부족한 음악적인 처리 등등을 체크하면 될 것이라 생각해요. 이렇게 하는 과정에서 특별히 손모양에
이슈가 될 만한 것은 없다고 보는데 그것은 어디까지나 저의 견해이며, 지금은 담당선생님과 잘 상의하여,
그 분의 의견에 따르는 것이 좋고, 제 의견을 참고하여 병행해서 연습하는 것이 좋다는 생각이 드네요.
참고로 학문적인 이해를 돕고자 책의 한 부분을 발췌하여 드립니다.

> ...... 피아노는 기계이다. 게다가 아주 복잡하고 미묘한 기계이므로 사람들이 피아노로 연주하는 작업은 어느 정도 기계적이다. 왜냐하면 피아니스트는 그의 신체를 피아노에 맞게 조절해야 하기 때문이다. 피아노로 소리를 낼 때 손의 에너지는(손가락의 에너지 팔꿈치 아래의 에너지, 팔 전체의 에너지) 소리의 에너지로 변화한다. 건반에 미치는 힘은 우리들이 손에 주는 힘(F)과, 손으로 건반을 누르기 전에 들어 올리는 손의 높이(H)에 의해서 결정된다.
> 건반을 누르는 순간 그의 손의 속도는(V) F와 H값의 변화에 따라 다양하게 변화한다. 내가 가르쳤던 많은 학생들은 이러한 값들이 지니는 실제적인 의미를 너무나 잘 알고 있었기 때문에 때때로 나는 아주 단순한 관찰만하면 되었다. V가 너무 크다! 하면 학생들은 즉각 손이 피아노에 떨어지는 속도를 줄인다. 톤은 아주 충분하고 부드러워진다!!!!!!!!! F가 충분치 않다. 그러면 학생들은 톤이 충분하게 깊고 간절하지 않다는 사실을 깨닫는다. _발췌: 네이하우스의 '피아노 연주기법'

쇼팽 에튀드 Op.25-11 '겨울바람'은
혼자서 연습할 땐 빠지는 음 없이 잘 되는데
연주나 대회에서 연주할 때는 실수가 너무 많이 나요.
이런 것은 어떻게 연습해야 할까요?

쇼팽의 연습곡, '겨울바람'은
진심으로 스스로에게 정직하게 객관적으로 평가해서
평소에도 소리가 정말로 안 빠지나요?^^*
물론, 평소에는 누구나 연주 때 보다는 편안한 마음으로 연주 하니까
연습할 때 오히려 좀 더 나은 연주인 것처럼 들릴 수는 있겠지요.

아마도 실전에서 만족할 만한 성과가 없다는 것은
극도의 긴장으로 갖고 있는 만큼의 연주가 못 나올 수도 있고,
더 솔직하게 말하자면 평소에도 잘 연습이 안 되었던 것이
오히려 적나라하게 드러난 것일 수도 있습니다.
그러한 실수의 확률을 최대한으로 줄일 수 있는 방법은
오직 정직한 연습밖에는 없습니다.
연습을 녹음해보기를 권합니다.

실제로도 상상한 것처럼 소리가 잘 나고 있는지,
스스로 직접 확인할 수도 있고(연습 때는 예민하게 듣지 않으므로,
실제의 연주보다 더 잘 하는 것처럼 느낄 수도, 즉 착각할 수도 있으니까요)
그리고 녹음을 한다는 것은 사람을 은근히 긴장하게 만들어
미리 실전처럼 긴장하며 연주하는 연습도 될 것 같습니다.

쇼팽 에튀드 Op.10-8번이요.
제가 박자를 빠르게 해서 하면 소리가 웅얼웅얼 거린데요. 정확히 알맹이가 없다는.
아무리 부분연습을 열심히 해도 빠르게만 하면 잘 안 되네요.
아직까지 부분 연습 부족일까요? 그리고 8번곡은 왼손 노래가 가장 중요한데
노래를 잘 할 수 있는 방법은 없을까요??

쇼팽의 에튀드는 말씀하신대로 알찬소리로 누가 얼마나, 빠르고 정확하게 치느냐가 관건이 될 것 같습니다. 음악적으로 심오한 메시지를 담고 있거나 하진 않는 곡이어서 더욱 그렇지요. 그리고 빠르게 치려면 기본적으로 팔의 릴렉스가 잘되어야 하는데요. 천천히 칠 땐 웬만큼 되는 것 같다가도, 빠르게 치면 잘 안 되고, 팔이 매우 아프고 하는 것은 팔에 힘이 잔뜩 들어갔다는 말이 되겠죠? 일단은 이렇게 추상적으로 지상으로만 설명을 드린다는 것이 참 어렵습니다만 농구할 때의 드리블을 연상해 보세요. 손의(정확하게 말하자면 팔 전체의) 힘을 빼고, 손목의 스냅을 최대한 이용하여 드리블을 한다고 상상하면, 최상의 효과를 얻을 듯. 피아노도 어느 정도는(물론 음악이랑 스포츠랑 비교하는 게 좀 어폐가 있습니다만) 비슷한 원리를 적용하시면 될 것 같습니다. 팔의 힘을 빼고 그야말로 릴렉스를 한 상태에서 손목 스냅의 도움을 최대로 받아 그렇게 한번 연주해 보세요. 하나의 미스 터치도 스스로 용납하지 마시고, 완벽한 음악이 나올 때까지 오른손만 따로 연습의 연습을 거듭해야 합니다.

다른 것도 마찬가지인 것 같습니다만, 음악에 있어서만큼은 '연습보다 더 좋은 스승은 없는 것' 같아요, 특히 테크닉을 과시해야하는 에튀드에서는. 그리고 왼손의 노래는 이것은 제가 유학시절 은사이셨던 교수님께서 제게 설명해주신 연습법입니다만, 이곡을 쇼팽의 에튀드가 아닌, '녹턴'이라고 생각하고 아름답게 최대한 천천히(중간에 빨라지면 절대 안 됨!!) 느끼면서 연습해보세요. 프레이즈를 잘 나누어 한 프레이즈, 한 프레이즈를 아름답게 표현하고 서로 간에 잘 화합 될 수 있도록, 세세히 들어가면서. 그렇게 연습하니 개인적으로는 많은 도움이 되었답니다.
잊지 마세요! 에튀드의 열쇠는 연습 이외에는 왕도가 없습니다.
또한, 연습과정을 녹음해보세요. 본인의 연주를 스스로 듣는 것보다 민망하고, 괴로운 일도 없습니다만. 그것만큼 본인이 얻고자 하는 것을 정확하게 얻는 방법도 또한 없답니다. 스스로에게 관대하지 않는 것. 스스로에게 혹독하여 절대로 타협하지 않는 것이 때로는 연주자에게 가장 필요한 덕목이기도 하지요.^^*

전 편입준비생으로 지금 에튀드 Op.10-No.5 '흑건'을 공부하고 있거든요.
이것저것 하다가 그래도 이 곡이 제게 제일 잘 맞는 것 같아 편입시험 과제곡으로 정했는데, 아~ 실수였나 봅니다.
금방 마스터 할 줄 알았는데. 이 곡이 지금의 저를 무지 힘들게 하는 곡이긴 하지만, 객관적으론 그리 어려운 에튀드는 아니잖아요.
그래도 왜 이렇게 나에겐 어려운 걸까요?
'흑건도 제대로 못치고 무슨 편입을 한다고 그러느냐' 하다가도
'아냐~ 언젠간 해결 될 거야. 손가락이 열 개나 있는데 왜 못해~' 하면서 말입니다.
지금 이 곡을 연습하기 시작한지는 한 5개월 좀 넘었고요,
여러 가지 리듬으로 변형하여 천천히 또박또박하게 메트로놈을 순차적으로 빠르게 올려 가며 맞추면서 여러 가지 방법으로 많이 연습을 해 보았는데, 별로 늘지가 않는 것 같습니다.
제가 어릴 때 피아노 공부를 사정상 관두었다가 한 2년 전에 다시 피아노 공부를 시작해서 그런지 손가락이 좀 굳은 편이고요. 하루에 흑건만 3시간 이상 꼭 연습을 하는데, 그만큼 느는 건 보이 질 않는 것 같습니다.
저는 어떻게 해야 할까요? 피아노 공부를 관둬야 하는 걸까요??
음도 다 빠지고, 손가락은 꼬이고... 기교가 부족해서 일까요?
흑건을 신바람 나게, 멋들어지게 치는 날이 제게도 꼭 왔으면 좋겠습니다.
참 기교의 향상을 위해 하농도 매일 30분씩 연습하고 있습니다.

질문하신 분이 흑건, 곡 자체에 대한 질문보다는
원론적인 질문을 하셨으므로
저도 일단은 에튀드에 대한, 피아노 연주의 기교에 대한
원론적인 답변을 드리도록 하겠습니다.

우선, 어떤 에튀드가 되었든 간에, 제가 귀국 후,
우리나라에 들어와 학생들을 가르치기 시작하면서 봤을 때,
기본적으로 손모양의 부자연스러움,
그리고 이상하리만큼 팔에 힘이 잔뜩 들어가는 것이
공통적으로 갖고 있는 문제점 이었던 것 같아요.

손모양은 손가락에 각이 생기게, 손가락 관절부분을 꺾어서 피아노를 치는 것,
손가락을 부자연스럽게 많이 치켜드는 것,
레가토나, 노래하는 부분이 나오면 거의 반사적으로 팔목을 돌리고
팔과 손목을 원을 그리며 치켜드는 것(장담하건데, 그것은 결단코 레가토를 도와주지 않습니다.
오히려 팔을 치켜들면 소리가 들뜨게 되어 레가토가 잘 되지 않지요^^*)
박자별로, 고개를 끄덕끄덕 하는 것,
그리고 마지막으로 손톱이 모양자체가 길게 생겨(이것은 여학생들에게 주로 보이는데,
손가락 끝에 살보다 손톱이 더 길게 자리 잡은 경우 이런 경우는 손은 참 예쁘지만, 피아노를 치기에는
부적절하므로 정말 피아노를 치기 원한다면, 한동안은 좀 아프더라도 손톱을 조금씩 바투 깎는 것이
좋습니다.^^*) 손끝의 살 두덩을 이용해 피아노를 칠 수 없는 경우 등등 많은 문제들을 보았습니다.

이 모든 것들은 피아니스트들에게는 치명적인 단점으로 위의 것에 어느 하나라도 해당 사항이 있다면,
고쳐 나가도록 노력하셔야 합니다.(피아니스트의 길은 아주 멀고 험합니다. 단순히 연습을 하는 이외에도
신경 쓰며, 지켜 나가야할 금기 아닌 금기사항이 아주 많죠.)

손가락에 각이 생기는 경우는 관절이 꺾이는 시간이 소요되므로 테크닉에 방해가 될 수밖에 없습니다.
손끝은 항상 단단하고 날카로운 바늘처럼 예리한 감각을 유지해야 하며, 손가락을 많이 치켜드는 경우는
목표물(건반)에서 그 만큼 멀리 떨어졌다가 건반을 치게 되므로 그만큼 미스 터치의 확률이 높습니다.

그러므로 일단은 손가락 손목 팔 전체를 가장 간단한 (심플한)동선으로 갈 수 있도록
손가락을 건반위에 효율적으로 배열하며 연습하는 것이 중요할 것 같고요,
팔에 힘이 들어가면 소리가 뭉치고, 연주 시 팔도 많이 아프며, 음 또한 또렷이 들리지 않고,
소리가 강하게 표현되지 못하기 때문에 고르지 못하게 연주되는 결과로 나타납니다.

마지막으로 아름답게 노래되어 지지도 않지요. 이 부분에 대한 해답은 '릴렉스' 일 것입니다.
어깨, 팔뚝, 손, 손가락에 이르기까지 그 어느 한 곳에도 물리적인 힘이 들어가지 않도록 힘을 빼고
팔 전체를 떨어뜨리는 듯 연주하는 법을 연구하고, 연습해 보시길 권합니다.

위의 것 들이 해결이 된다면, 어느 에튀드를 치건(흑건이 되었던, 그 어떤 에튀드라도)
문제없이 해결할 수 있다고 보아집니다.

물론 위의 것들을 단시간에 고치기는 힘들 겁니다. 선생님의 도움과 지도, 본인의 피나는 노력이
뒤따라야 하겠죠? 또한 오랜 시간이 걸려 붙은 습관일 것이 분명하므로, 단기간에는 고쳐지지
않을 것입니다. 포기하지 말고, 꾸준하고 성실하게 연습하기 바랍니다.

제가 요즘에 치고 있는 곡은 쇼팽 에튀드 Op.10-4번입니다.
에튀드 4번은 6월부터 쳤는데 그 당시 지도해 주시던
예전 선생님께 잘못 배운 부분이 많아서
다시 처음부터 차근차근 배우고 있어요.
예고 입시 곡을 위해서 다른 에튀드도 많이 쳐봐야 할 것 같은데,
이곡저곡 연습해 보는 것 보다는
한 곡을 완전히 익히는 게 더 좋은 건가요?
그리고 에튀드 Op.10-4번 유명한 곡이란 건 잘 알고 있습니다만,
이 곡 자세하게 어떤 곡인지 말씀해 주세요.

일단은 나이가 많이 어린 학생들은 한 곡을 장기간 물고 늘어지는 것보단
많은 곡들을 접하면서 음악적 소양을 넓혀 나가는 것이 더욱 바람직하다고 생각합니다.
물론 콩쿠르나 입시를 준비해야 하는 과정이라면, 시험의 날짜까지는 어쩔 수 없이
공부해야 하는 일이겠지만, 그렇지 않은 평상시에는 많은 곡들을
시대별로 많이 접하는 것이 매우 중요합니다.

쇼팽의 피아노 에튀드 Op.10-No.4는
탄탄한 기본기를 익히는 데 아주 적합한 곡으로
많은 학생들에게 널리 연주되는 곡이며, 꼭 공부해야만 하는 곡입니다.
흔히 테크닉의 연마에 주력하다 음악적 표현을 간과하기 쉬우나,
시종일관 큰소리로 거칠게 포르테를 표현하기보단
음계의 상, 하강을 바탕으로 한 인토네이션의 표현이라든지,
중요한 선율 외의 반주부분을 담당하는 부분의 다이내믹은 약간 약하게 조절하여
악상을 정리한다던지, 혹은 더욱 드라마틱한(물리적인 음량의 크기보단 감정적
느낌의 악상표현) 셈 여림의 표현으로 듣는 이들이 거칠게, 혹은 시끄럽게
어수선한 연주를 한다는 느낌을 주지 않도록 하는 것이 중요할 것 같습니다.

특히나 오른손의 주 멜로디를 왼손이 이어받아 연주하는 부분은
왼손의 테크닉을 훈련하는 것이 오랜 시간을 필요로 할 지 모르겠습니다만,
오른손의 연주에 비해 왼손의 연주가 현격한 격차를 보이지 않도록
세심하고 철저히 연습하는 것이 중요한 곡이지요.

쇼팽 에튀드 Op.10-No.8을 연습하고 있지만 너무 힘들어요. 오른손이 된다 싶으면
왼손이 안 되고 왼손이 된다 싶으면 오른손이 안 되고. 리듬 연습도 오래 했고,
또 한 2주 전까지만 해도 스스로 만족할 정도로 잘 됐었는데 또 갑자기 안 되네요.
무대에서 떠는 체질도 아닌데 콩쿠르 나갔다가 완전히 죽을 쓰고 왔어요. 너무 속상
하고, 무대의 피아노가 좀 안 좋았다는 생각이 들어 악기 탓이라며 위로하긴 했지만,
입시 때도 피아노 탓을 할 수는 없잖아요. 베토벤 소나타는 3번 역시 너무 힘들어요.
쇼팽 에튀드를 수능 전까지 완벽히 해놓고, 실기시험까지 소나타를 하려고 계획을
세웠기에 베토벤 연습을 좀 덜하고 있어요. 이래도 괜찮은지요? 에튀드만 연습하기도
너무 벅차서요. 콩쿠르만 나가면 연주가 마음에 들지 않으니 조언을 좀 부탁합니다.

답변 드릴게요. 인생이 원래 그렇지 않나요? 된다 싶으면 안 될 때가 있고,
안 된다 싶은데도 선생님께서 종종 칭찬하실 때가 있지요.
그것은 비단 음악의, 피아노의 공부에서만 나오는 현상이 아니라 그냥 살면서
자주 만나는 신기한 경험의 하나이기도 하지요. 흔히들 말하는 '운'이라는 것.
어떨 땐 별 노력 없이도 좋은 결과가 나오는 경우가 있고 또 어떤 땐 죽을 만큼
최선을 다했으나 좋은 결과도 원하는 성과도 얻지 못하는 경우도 있을 수 있습니다.
그런 게 인생인거지요. 그러므로 하나하나에 상처받거나 들뜨거나 일희일비할
수만은 없는 것입니다. 그 날 그 날의 연습의 성과에 따라 일희일비하지 마시고
담대해 지시기 바랍니다.
힘들다는 생각도 버리고 시험 때까지 남은 날에 대한 큰 그림을 그리십시오.
될 수 있는 대로, 할 수 있는 한 즐거운 마음으로 연습하고 연주해보세요.
물론 입시를 준비하는 기간이므로, 힘 든 것도 사실이겠지요. 이해합니다.
그래도 주어진 시간이 어쩔 수 없는 고3 이라는, 입시라는 것이니 그 속에서도 최대한
행복하려 노력하면서 끝까지 희망과 긍정적인 생각으로 최선을 다하시길 바랍니다.
질문의 내용을 보면, 실질적이고 구체적인 질문이라기보다, 심리적인 문제인 것 같아서
이런 말씀밖에 못 드림을 양해바라구요, 그리고 수능시험까지는 에튀드만 연습 하고,
수능 후에야 비로소 베토벤 소나타를 연습할 계획이신가본데 제 견해로는 별로 좋은
방법은 아닌 것 같습니다. 한 번 곡에 대한 감이랄까, 연주의 리듬, 혹은 감각 등을
잃어버리고 나면 다시 그 감을 찾기까지는 너무나 오랜 시간이 걸린답니다.
실기시험이라는 '연주'를 준비하는 기간이니만큼 힘들어도 차근차근 베토벤 소나타와
모든 과제곡을 함께 연습하시기를 권해드립니다.

쇼팽 에튀드 Op.25-9 '나비'에 관한 질문입니다.
정말 손이 작아 손가락이 잘 안 닿아서 연습이 무척 어려운데
레슨을 위해 일주일 안에 마스터를 해서 갖고 가야 하는데요,
어떻게 연습하는 게 효율적인가요?

일단은 물리적으로 손이 작은 경우는 남들보다는 많이 힘들고, 노력과 생각도
배로 해야 하는 경우가 많아요. 하지만 슬기롭게 극복을 하는 방법으로는
손가락 번호의 합리적인 선택이라고 생각합니다.
예를 들면 왼손의 화음이 음들도 많고 넓이도 넓은 것이라면,
제일 위의 음은 오른손의 도움을 살짝 받는다든지
아님 화음이지만, 빠른 아르페지오로 굴린달지.

작은 손을 극복하고 피아니스트의 자리에 오른 이들은 많이 있습니다.
일단은 손이 작다고 하소연 하기 전에 진취적으로 생각을 바꾸어
'아... 어떤 합리적인 핑거링을 쓸까?' 하고 생각하는 것이 바람직하겠죠?

하지만 옥타브가 닿지 않을 정도의 손의 크기라면 '나비'를 연주하기에는
다소 무리가 있으므로, 이런 경우에는 곡을 바꾸어도 무방할 듯합니다.
'나비' 말고도 우리가 공부해야할 곡들은 산더미 같이 많고요.
나의 손 크기로는 전혀 칠 수 없는 곡을 굳이 물고 늘어지는 것은
현명한 방법이 아니겠죠?
그러나 일단은 담당선생님께서 주신곡이라면,
충분히 연주 할 수 있는 곡이기 때문에 주셨으리라 믿고요,
아까 말씀 드린 대로 '합리적 핑거링'에 신경 쓰면서(이 곡의 핑거링은
오른손 옥타브 위의 음을 4나 5번으로 적절히 번갈아가며 사용 하는 것,
그리하여 오른손의 제일 윗소리가 멜로디로 잘 표현되어야 하는 것,
그리고 오른손 옥타브의 연음 스타카토는 손목 스냅의 도움을 받아
가볍게 연주해야 한다는 것 등등이 있겠네요)
지혜롭게 좋은 연주하시길 바랍니다.

제가 쇼팽의 왈츠 10번. Op.69 No.2 이 곡을 치고 있는데요,
치기는 치는데 뭔가가 부족한 듯한, 그냥 악보만 보고 치는 수준이죠.
좀 더 이 곡을 멋있게 소화해 내려면 어떻게 치면 좋을까요?
쇼팽이 이 곡을 작곡할 때 어떤 생각? 어떤 감정으로 썼을까요?

이 왈츠는
쇼팽이 아직 폴란드에 살고 있던 1829년의 작품입니다.
그래서인지 이 곡은 프랑스에서 쓰인
후기의 왈츠들 같은 우아함보다는 오히려 당시의 그가 수집하고 연구했던
마주르카에 가까운 특징을 가지고 있습니다.
하지만 애수가 담긴 서정적인 선율은
틀림없이 이 곡이 쇼팽의 곡이라는 점을 말해주죠.

단순한 형식으로 만들어진 이 왈츠 Op.69 No.2는
3개의 왈츠로 구성되어 있는데, 이 모두 개성이 뚜렷합니다.

또한 이러한 개성들이 전체적인 조화 속에서 마무리되고 있어서
"파릇파릇했던 쇼팽의 젊은 시절의 기운이 녹아 있는 듯
솔직한 아름다움을 보이고 있다."는 평을 받고 있습니다.

그러나 물론 이런 것들을 모두 다 표현하기 위해서는
일단은 곡을 완벽하게 내 것으로 만드는 일이 선행되어야 하겠죠.

그로인해 얻을 수 있는
'악보로부터의 완전한 자유로움'
그것이야말로 곡을 자유로이 표현하는 가장 빠른 지름길일 것입니다.

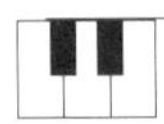

저는 고3 입시생이구요. 이제 좀 있으면 대학실기시험을 봅니다.
근데 정말 걱정이 많아요. 전 입시 곡으로 쇼팽 에튀드 Op.10-No. 4번을 치는데
정말 오른손이 되질 않아요. 손끝으로 힘을 모아서 친다고 하죠? 팔의 힘은 다 빼고.
그게 왼손은 되는데 오른손은 안 된다고 말씀드리면, 저를 이상하게 생각하실 줄도
모르겠지만 정말 전 그렇습니다.
왼손은 힘을 빼고 치니까 손가락 힘으로 치는데. 오른손이 '흑건' 친 후로
이상하게 되어서 치면 팔이랑 손목 힘으로만 치고 아무리 힘을 빼도 그게 잘 안돼요.
더 의식만 되고. 레슨선생님께선 하논 연습을 하라고 손가락의 힘이 없다고 하시는데,
하논 연습을 해도 손목이랑 팔에는 엄청 힘이 들어가니
연습해도 별 의미가 없더라고요. 그리고 손목이랑 팔에 힘을 뺀다고 하면
또 손가락까지 힘이 없어져서 흐물흐물 되고.
쇼팽 에튀드 4번의 경우 양 손을 번갈아가면서 멜로디를 연주 하지 않습니까?
처음 에튀드 시작할 때부터 두 번째 페이지 마지막, 점점 커지면서 올라가는
부분 말입니다. 오른손이 안 되니까 음은 다 빠지고,
속도를 안올릴 때는 웬만큼 칠 수 있었는데, 메트로놈 152 정도로 올리니까
음이 다 빠지고, 손가락의 힘으로 안치는 게 너무 느껴지니 고민입니다.

답변을 드립니다. 팔의 힘을 빼는 문제는
분명 하루아침에 고칠 수는 없는 문제일 것입니다.
왜냐하면 그만큼 오랜 기간에 걸쳐 얻은 습관이기 때문이죠.
그러나 반드시 할 수 있다는 믿음을 가지고 중간에 포기하는 일 없이
꾸준히 연습하여 해결해야 할 중요한 문제이기도 합니다.

일단은 지면으로 학생의 상황을 정확하게 판단 할 수는 없고,
학생도 제가 지면을 통해 하는 설명만으로는 추상적으로 들릴 수도 있어서
제가 하는 조언이 얼마만큼의 이해가 가능 할지 모르겠습니다만,
일단은 최선을 다해 설명하자면,
이 곡에서 특별히 왼손이 어려운 부분은 없으므로,
왼손은 아마 릴렉스가 되는 것처럼 생각 될 수가 있는데,
아마도 오른손이 릴렉스가 안 된 경우라면
왼손도 또한 릴렉스가 되어 있지 않을 것으로 판단됩니다.

일단은 매우 천천히 오른손만 연습할 것을 권합니다.
치다가 팔이 아프면 조금 의식적으로 팔의 힘을 풀어 릴렉스를 한 뒤, 계속해서 연습합니다.
그렇게 손의 긴장이 완전히 풀린 상태가 되면 조금 나아질 수 있습니다.
손이 완전히 피아노를 칠 준비가 되지 않은 상황에서는 빨리 치는 것이 무리가 되는 것은 당연하겠죠?

대학입학시험 당일 날도 시험장에 들어가기 전 이렇게 충분히 워밍업을 한 후
시험에 들어갈 수 있도록 본인의 신체에 대한 배려를 하는 것이 좋겠습니다.
연습을 할 수 없는 대기시간이나, 추운 날씨, 시험의 진행 상황 상 장시간 기다릴지도 모르는
불가피한 상황을 대비하여, 뜨거운 핫팩 같은 것들을 준비하여 계속 주무르면서
손의 근육을 풀어 주어 손가락이 언제든 원활히 움직일 수 있도록 언제든, 어디서든 준비해야 합니다.
릴렉스가 안 되어 있는데 손도 얼고, 근육도 긴장된 상황이라면,
그것은 실기시험에서 연주하기에 최악의 시나리오가 되는 것을 잊지 마시고, 특별히 신경 써 주세요.

그렇게 제가 판단할 때는 충분한 워밍업 없이 손의 근육이 덜 풀린 상태에서 빠른 템포로 억지로(?)
연주한 것이 일단은 하나의 이유인 것 같고요, 그리고 테크닉의 완벽한 소화가 부족하단 생각이 듭니다.
안 되는 부분이 계속되면 되게 하려는 욕심 때문에 자연스레 팔에 힘이 많이 들어가는 것 같습니다.

그러므로 안 되는 부분들 예를 들어,
못갖춘마디 포함 4번째 마디의 넓은 아르페지오,
두 번째 페이지의 마지막 두 마디,
셋째 페이지의 4번째와 다섯 번 째 마디,
넷째 페이지의 두 마디씩 대조 되는 부분- 첫째와 둘째마디는 16분 음표를 4개씩 묶어 연주되는 반면,
3, 4마디는 8개씩 긴 호흡으로 레가토 되어 연주해야하죠.
그러한 대조가 어려울 것 같습니다.

그리고 마지막 페이지의 코다부분- 이 부분은 왼손과 오른손이 모두 다 어렵습니다.
그러므로 왼손의 부분연습도 진지하게 해야 하는 부분인 것 같습니다. 철저한 '부분연습'으로
자신감을 회복해야 함은 물론 완벽한 테크닉으로 연주되어져야 팔의 릴렉스에도 영향을 받지 않습니다.

음악으로부터의, 테크닉으로부터의, 악보로부터의 완벽한 '자유'만이
에튀드를 힘들지 않게 연주할 수 있는 유일한 방법이라 판단이 됩니다.
물론 그렇게 될 수 있는 유일한 길은(선생님의 올바른 지도가 전제가 된다면)
연습 외엔 없다는 것도 너무나 당연한 일이겠죠?

쇼팽 피아노 에튀드 Op.10-No. 4 입시곡인데요.
오른손, 왼손 스케일 부분 연습을 어떻게 하면 효과적인가요?
예를 들면 첫 번째, 두 번째 페이지에 반음씩 올라가는 스케일 있잖아요.
그런 부분, 간격이 좁은 스케일들...
연습 방법 좀 알려주셨으면 해요.

흔히 말하는 족집게 과외라는 것이 과연 존재할까에 대해 저는 늘 의구심이 들었었어요.
기초를 잘 알지 못하는 학생이 족집게 과외를 받는다고 과연 진짜로 점수가 높게 나올까.
높게 나온 점수로 원하는 대학에 진학했다 해도 수업은 꿈도 꿀 수 없는 뒤쳐진 학생이
되는 길 외의 다른 길은 없겠죠. 피아노 레슨의 경우도 별반 다를 것은 없다고 생각합니다.

어느 부분의 테크닉이 안 되는데
'그' 테크닉을 위한, '그 만을 위한', '어떤 특별한 연습법이 있나요?' 하는
질문은 마치 제가 공부의 근원과 기본은 별로 알고 싶지 않은데요.
문제의 정답은 아무 생각도 할 것 없이 '요것'으로 찍어라 하는
말도 안 되는 요령을 배우고 싶다는 것밖에는 고작 안 되는 것.

예술인 음악, 특히 기악의 연주라는 것은
그 어떤 편법도 통하지 않는 아주 정직한 학문입니다.
그 편법에 속을 교수님들은 한 분도 계시지 않고 편법에 눈물 흘리며
감동해 줄 청중 또한 그 어디에도 없죠.

피아니스트는 기본적으로는
손과 손가락이 가장 바쁘게 움직여야 한다는 것이 상식입니다만
그 손과 손가락의 움직임들을 컨트롤하는 것은
결국 우리의 두뇌와 귀입니다.

오랜 연습으로 인해 손가락이 그저 타성에 젖어 습관대로 돌아가려 할 때,
그렇게 쉽게 습관대로 되지 않도록, 원하는 음악으로 연주될 수 있도록 지시하고
명령하고 통제하는 것은 결국엔 손, 손가락이 아닌 머리와 귀인 것입니다.

질문자께서 질문하신
반음계 스케일의 다른 소리 누르는 것에 대한 저의 견해도 그렇습니다.
(물론 연주를 듣지 않고 답변하기 곤란한 점도 있습니다만)
이미 그렇게 연습 되어가는 와중에 손은 조금씩 다른 소리들을 허용하게끔
나태한, 그리고 안 좋은 습관이 나도 모르는 새에 길들여져 있는 것은 아닌지
솔직하고 정직하게 꼼꼼히 점검해야 합니다.

내 연주 테크닉은 정말로 객관적인 관점에서 깨끗한 것인지.
그게 아니라면 '이만하면 괜찮을 거야.' 라는 면죄부를 스스로에게 주고 있는 것은 아닌지
어려운 테크닉 와중에도 악상은 레가토는 정확히 표현되고 있는 지.
귀로 잘 듣고 부족한 점이 있다면 이성적인 판단으로 보완될 수 있게끔
머리로 매순간 지시하며 연주 되어야 하는 것이죠.

테크닉만큼은 달리 어떠한 지름길도 없다고 단정하여 말씀드릴 수밖에 없는 것이
저로서도 죄송하고 아쉬울 따름입니다.

그저 앉아있는 시간에 비례하여 발전한다는
원론적인 말씀 이외에는 반복하고 또 반복하고.
잘못된 방향으로 흐르지 않게 귀로 잘 듣고, 머리로 깊게 생각하고
(녹음하여 객관적으로 연습이 연주가 잘되었는지 확인까지 한다면야 금상첨화겠죠?^^*) 하는
방법이 아마도 지루하긴 하지만 오히려 가장 빠르고,
안전한 정도(正道)이지 않을까 하는 답변을 드려봅니다.

Johannes Brahms

Aleksandr N. Skryabin

3. 그 외 작곡가에 관한 질문

브람스, 스크리아빈, 리스트, 라흐마니노프

Ferenc Liszt

Sergey V. Rachmaninoff

브람스 피아노 소나타 3번의 마지막 Finale 치고 있는데요.
226 마디부터 232 마디까지 오른손이요.
계속해서 실수를 하고, 음이 빠지고, 여러 가지 다양한 리듬연습해도
속도 조금만 올라가면 또 뭉개지고 그렇습니다. 좋은 연습 방법을 추천해 주실 수 있으신지요. 그리고 이 곡 칠 때 또 다른 주의 점 같은 것도 있으면 알려주세요.

답변 드릴게요.
일단은 그 부분은 저도 많이 어려워했던 부분입니다.^^*
처음 악보를 읽던 때 참 많이 고민하던 부분이에요.

저는 나름대로 항상 어려운 부분을 만나면
제일 먼저 합리적인 손가락 번호를 생각하고,
그리고 난 후는 인토네이션을 따라 천천히 노래하듯
(제가 항상 예로 드는 표현!!! 녹턴이라고 상상하라!! 기억하십니까?)
익숙해질 때까지 연습한 것 외엔 특별한 방법은 없었던 것 같습니다.

흔히들 학생들이 하는 표현 중 하나가
연습했는데 안 된다는 말.

그러나 연습이란 말은 될 때까지. 라는 의미입니다.
그러므로 안 된다는 것은 될 때까지 안했다는 변명밖에는 안 되는 것이겠지요.^^*?

손가락 번호는(윗소리만을 따지면)
1, 5, 4, 1, 1, 5, 4, 1, 1,... 232 마디까지 했고요,
233 마디부터는 2, 5, 4, 1, 2, 5, 4, 1로 했습니다.

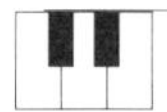

제가 지금 오른손 검지를 부상 당해서(골절상.ㅠ) 당장 힘대로 칠 수 없는 처지라
교수님 동의하에 본의 아니게 왼손을 위한 샤콘느(브람스)와 스크리아빈의 왼손을
위한 프렐류드와 녹턴 Op.9를 치게 됐는데요. 여기서 질문 두 가지만 할게요.

1. 스크리아빈 Op.9 이 곡 배경이나 혹은 음색에 대한 약간의 설명 좀 부탁드릴게요
   (이거 정말 꼭 듣고 싶어요.) 웬만한 곡은 제 선생님들이 몰라도
   혼자 찾아서 다 해결하곤 했는데 이번만은 도저히 무리수가 따르네요.
2. 브람스의 샤콘느와 바흐 무반주 바이올린 파르티타 2번 샤콘느가 음색이나
   아니면 다른 면에서 어떻게 다른지도 설명 부탁드립니다.

1번 질문에 대해 답변 드립니다.
이 시기의 스크리아빈 작품은 쇼팽을 강렬히 모방하며 추구하는 시기입니다.
그래서 쇼팽의 주요 장르인 프렐류드, 녹턴, 환상곡 마주르카 등의 유형으로
주로 창작하는 시기이기도 하죠.
쇼팽의 엄격한 형식과 절정의 낭만의 표현이 스크리아빈 특유의 신비로움과
(스크리아빈의 신비로운 화성을 잘 표현하기 위해서는 터치의 세밀함과 더불어
왼쪽 페달의 효율적 사용과 풍부한 오른 페달의 사용이 필수로 요구됩니다.
이 부분에 대해 많이 연구하기를 권합니다.)
수직적 화음(사실 스크리아빈 음악이 다른 작곡가의 음악과 구분되는 유일한 수단이
아마 화성이 아닐까)의 표현으로 잘 어우러지게 표현하는 것이 관건이라 하겠습니다.

2번 질문에 대해 답변 드립니다. 일단 먼저 악기의 차이를 들고 싶습니다.
바이올린은 현악기로서 폐부를 찌르는 듯한 선율적인 아름다움을 극단적으로
표현하는데 중점을 두어야하는 반면, 피아노는 타건 악기로서 바이올린과는 다른
깊은 울림과 화성의 표현을 극대화하는데 주력해야 하는 것이 차이점이라 봅니다.

그리고 작곡가의 차이를 두 번째로 꼽고 싶습니다.
바흐와 브람스는 음악의 표현과 해석상 일맥상통하는 점이 많이 있습니다.
그러나 바흐는 바로크 시대를 살았고 브람스는 낭만의 시대를 살았습니다.
보다 넓은 감성의 표현 보다 극대화되어진 음악적 수단, 형용할 수 없는
낭만의 깊이 등이 바흐보다 좀 더 여유롭게 허용되는 해석과 아고긱 등,
보다 폭넓게 적용되어야 하는 것이 브람스 음악의 특성이라 생각됩니다.

리스트의 피아노 에튀드 '라 캄파넬라'
처음에 주제 선율이 나오면서 서서히 도약이 되잖아요?(오른손).
릴렉스 해서 힘 빼고 천천히 계속 연습해도 자꾸 미스가 납니다.
전 요새 이것 때문에 너무 고민이에요.
두 번째로 꾸밈음 나오면서 주제 나오는 부분이요. 그 부분도 참 안 되네요.
왜 그럴까요? 오히려 연타가 더 잘 되요.
처음부터 그렇게 틀리면 안 되는데 앞부분이 제일 어려워 걱정입니다. 어쩌죠?

답변 드립니다.
'라 캄파넬라'는 제가 러시아에서 대학 2학년 때 실기시험을 보느라
아주 열심히 했던 기억이 나는, 개인적으로는 애착이 가는 곡인데요^^*
한번 잘 연습을 하여두면 평생 동안 매우 중요한,
그리고 요긴한 레퍼토리로 사용할 수 있는 곡이라
처음부터 완벽하게 연습해 두는 것이 앞으로를 위해서도 매우 좋은 일일 것 같습니다.
저도 지금까지도 각종 연주의 앙코르로,
본 프로그램 곡으로 많이 연주하게 되는 곡이거든요.

일단은 앞의 도약은 두 옥타브까지나 뛰는 부분도 있고 해서
어찌 보면 미스가 나는 것은 너무나 당연한 일이겠지요?
정답이라고 말할 수는 없겠으나,
저의 경우는 미스에 대해서는 오히려 담대했던 것 같아요.
'미스 안 나는 사람 나와 보라 그래.' 하는 생각으로요.^^* (그렇다고 성의 없이,
혹은 아무 고민 없이 마구 연주하라는 건 절대 아니라는 거 이해하시죠?^^)

대신 저는 미스 터치에 얽매이기보다 음악적인 것에 더욱 중점을 두어 연습했어요.
그리고 어쩔 수 없이 나는 실수에 대해서는 오히려 크게 신경 쓰지 않았습니다.
신비스런 음색으로 저 멀리서 들려오는 종소리처럼 영롱하고 아름다운 음악을
만들려고 노력하는 와중에 자연히 기술적인 면도 익숙하게 되어 종래에는
잘 연주할 수 있게 되었습니다.

한 피아니스트의 칼럼에서도 읽은 기억이 있는데
연습이 무지하기 싫고 어려웠을 때
그 곡이 갖고 있는 아름다움을 찾으려 노력하였다는.
이 말에 대하여 저는 이보다 더 동의할 수는 없을 것 같습니다.

그리고 도약의 두 번째 반복은 꾸밈 음과 함께 이루어지잖아요?
이 부분은 조금 연습의 지혜가 필요한데요. 꾸밈 음에서 약간 여유를 주어보세요.
그러니까(참 말로 설명이 어렵습니다.^^*)

꾸밈 음을 완벽하게 치고 난 후, 그 다음 도약을 연주하라는 거죠,
박자에 얽매여 계속 연주하면 서두르게 들리고 안 되는 건 계속 안 되고...

그래서 저는 꾸밈 음을 치고 난 후, 그 다음 도약을 하는 식으로.
천천히 연습 한 후 차차 제 템포로 맞추어가며 연습했던 것 같습니다.
항상 말하는 것이지만 이것은 어디까지나 저의 경우이므로
'정답'이라 말할 수는 없는 '조언'일 뿐입니다.
다만 저의 경험을 바탕으로 한 조언을 참고하여
스스로의 노하우를 터득하시는 계기가 되길 바랍니다.

라흐마니노프 피아노 에튀드 Op.39-1. 이곡에서요.
12~15 마디요 어떻게 연습을 해야지 효과적일까요?
연습할 때는 잘하는데
유독 무대만 올라가면
이 부분이 정말 처참하게 무너지거든요.
강약 조절도 안 될 뿐더러 박자도 놓치고 맙니다.
정말 난감해서 이렇게 질문합니다.

질문하신 부분 12-15마디는 ff로 셋잇단음표 등장하는
그 부분 말씀 하시는 거지요?

일단은 특이할만한 어려운 점이 안 보이는데,
첫째로 언급하신 연습 땐 괜찮은 것 같은데 무대에서는
그 부분만 틀리는 것 같다고 하신 것은 아무래도 징크스 같으니까요.

심리적 요인 같아 보입니다. 오히려 그 부분에 담담해지세요.
자꾸만 그 부분을 불안해하거나 하면, 자꾸 막히는 그것이 바로 징크스잖아요.
그러니까 자신 없는 부분일수록 오히려 더 자신 있게!!!
항상 하는 말이지만 실수의, 징크스의 확률을 줄이는 길은 오직 연습!!! 외엔
없다는 평범한 진리를 절대 잊지 마시길!!!

그러면, 그 부분은 어찌 연습해야 하는가? 일단은 각 박자마다
오른손과 왼손의 악센트가 번갈아 나오는 것을 표현해 주는 것이 중요할 것 같고요.
왼손의 아르티큘, 처음 두 팔분음표에는 슬러가 없고, 다음 두개에는 있지요?
그리고 왼손의 각 부분 마다 처음 팔분음표에 악센트가 있는 것도 주의!!
리듬은 평범한 리듬이므로 어려운 점은 없어 보이구요,
악상은 처음은 대범한 ff로 웅장하게(페달도 풍부하게 사용하면서)
그리고는 서서히 dim.가 되는 형상인데요. 마지막 15마디, 그러니까,
p직전의 dim.에서는 박자 안에서 약간의 여유를 갖고(절대로 느려지라는 것이 아니라,
여유를 갖으라는. 그 차이를 아시겠죠?) p로 들어가면 될 것 같습니다.

다시 한 번 강조하는 말은 징크스는 스스로 만드는 것입니다.

거기에서 자유를 줄 사람도 본인 외엔 없다는 것.
자꾸만 스스로 만든 징크스에 얽매이지 마시구요,
현명한 연습으로 지혜롭게 탈출하시길!!!

4. 심리적 요인에 관한 질문

선생님께서는 피아노 하시면서 슬럼프 경험해 보셨습니까?
만약 경험이 있으시다면 어떻게 했어요? 제가 지금 슬럼프에 빠져있는 거 같아요.
깊은 마음의 고민으로 괴로워 피아노 앞에 앉는 것조차 너무 힘들어요.
그래서 연습도 많이 안 하게 되는 것 같고요.
선생님은 슬럼프를 어떻게 극복하셨습니까?

세상에 슬럼프가 없는 사람은 아마 없을 것 같아요^^*
음. 제 인생은 인생 자체가 슬럼프 그 자체라고 말할 수 있을 것 같습니다.
지금도 그렇고 과거에도 그랬고 미래에도 아마 그럴 것 같아요.
왜냐하면 저는 언제나 꾸준히 나아지려고 하는 욕망이 있기 때문이죠.
그런 거 없는 사람은 슬럼프도 무엇도 없겠지만 항상 앞으로 나아가고자 하는 사람은
슬럼프가 자연히 있게 마련인 것 같습니다.

생각하는 것만큼 되가는 것 같지 않고, 내가 원하는 건 저만큼 위인데
나는 지금 여기서 무엇을 하는가. 그렇게 앞만 보고 달린다 한들
나에게 과연 안정적인 미래가 도래할 것인가. 내가 지금 가는 길은 과연 옳은 길인가...
수도 없이 많은 질문들을 스스로에게 던지고 그리고 돌아오는 대답은
끝없는 침묵일 때. 그 암흑과도 같은 절망은 아마 우리 젊은이들은 누구나 한번쯤은
겪었을 법한 그야말로 슬럼프이지요.

하지만 우리는 젊기에 그냥 앉아 슬럼프에 빠져있을 시간이 없습니다.
그렇게 시간이 우리를 기다려 주지 않죠. 피아노 앞에 앉아있기 싫다고
입시의 일정이 미루어지는 것도 아니고 실력이 늘어나는 것도 아니죠.

저의 경우는 아무리 고민을 해도 변하지 않는 '불변의 환경'이라면
차라리 고민하지 않고, 아무 생각 없이 전진하였던 것 같아요.
입시가 아무리 힘들어도 피할 수 없다면 피아노 앞에 앉기 싫어도 시간을 정해놓고
예를 들어 밤 10시 전에는 난 절대로 일어나지 않는다!!하고.
연습이 생각대로 되든, 안되든 스스로 약속한 시간까지는 꼭 앉아 있었어요.

아무리 큰 걱정이라도 한 달 이상을 넘어가는 건 없죠.^^*
아무리 태산 같은 일이라도 반드시 끝은 있는 법인 거잖아요.
시간이 지나면 자연히 해결될 일들일 뿐,
입시는 때가 되면 반드시 끝나게 되어 있습니다.
지레 겁먹고 오늘을 낭비할 필요는 없습니다.

그리고 긍정적인 사고도 아주 중요하죠. 유학시절,
방마다 천재들이 넘쳐나는 러시아의 차이코프스키음악원에서.
나 같은 사람도 과연 피아노를 칠 자격이 있을까.
늘 자괴감에 절어 고민하던 그런 시절이 있었습니다.

그 어떤 위로의 말도 하나도 소용이 없고 살은 점점 야위어 가고.
한국에서의 모든 것을 포기하고 떠나온 유학인데 이대로 무너진다는 허탈함에
스스로가 아주 보잘것없이 작게만 느껴지던.
죽음보다도 더 어둡던, 그때 저희 은사님의 한마디가
저를 다시 피아노 앞에 앉게 했던 큰 힘이고 위로였습니다.

"너와 같은 음악을 만들어낼 수 있는 사람은
이 세상에 오직하나!!! 너 뿐이라고.
세상 유일의 음악을 연주하는 자부심으로 살아가라고."

그리고는 정말 나와 같은 음악은
나 아니면 절대로 아무도 못하는 음악이란 귀중한 생각을 하고
스스로에게 용기를 주었습니다.
최선을 다한 연주라면 결과에 상관없이 칭찬받아 마땅한 세상 유일무이의 음악입니다.

슬럼프가 온다면 아니 이미 왔다면 이기십시오!!! 이겨내십시오!!!
하나하나 이겨나갈수록 점점 더 강해지고 성숙하는 내 모습을 발견할 수 있을 거예요!!!

마지막까지 최선을 다하는 우리가 되길 바라며.

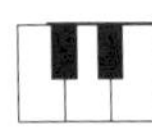

전 인문고에 다니는 고2 학생입니다.
인문계서 음대 진학하고자 하는데 쉽지 않은 도전인 것 같아서
저는 그게 정말 걱정이에요.
송하영 선생님께서는 예고 나오셔서 잘 모르시겠지만
인문계에서 음대진학을 목적으로 대학진학을 준비한다는 것은 정말 어렵습니다.
심지어 다른 사람들의 수군거림을 들을 때면 더 속이 상합니다.
"인문계에서 얼마나 갈 수 있겠어."
이렇게요. 이럴 때면 제 가슴은 정말 찢어질 것 같이 아픕니다.
이제 곧 고3인데 정말 앞이 캄캄합니다.
적어도 서울로는 가야할 텐데. 정말 내가 음대를 갈 수 있을까?
꼭 좋은 연주자로 성장하고 싶은데. 이런 꿈을 갖고 있긴 하지만
너무 걱정이 앞서 안정이 안 됩니다. 많이 떨리기도 하구요.
저 어떻게 하면 좋을까요?

인문계에서 음대에 진학하는 것은 정말 많이 힘들다는 것.
저도 인문계 제자들을 가르치며 늘 많이 느낍니다.

가장 큰 어려움은 수업시간이 과도하게 많고,
학교에서 음대 진학자를 위한 배려를 따로 해주지 않아
연습할 마땅한 시간조차 없다는 것.
집에서 연습이 어려운 학생들이 마땅히 연습의 장소를 찾을 수 없다는 것 등이
대표적으로 꼽을 수 있는 가장 큰 문제들일 것 같은데
인문계 학교는 또 음대생만을 위한 배려를 해줄 수는 없기에
해결이 쉬운 일은 아닙니다.

또 하나의 문제는 주위에 같은 전공을 하고자는 학생들이 없으니 경쟁이나,
열심히 하게 되는 동기 부여가 아무래도 예고생들보다는 적다는 것이지요.
인문계 학생들이 가끔 템포나 기초적인 연습방법에 대해 물어올 때는
저도 때론 막막하기도, 답답하기도 했습니다.

막상 학생들 스스로는 얼마나 답답할까.
왜 그들의 실기 담당선생님은 기초적인 템포하나 일러주지 않는 것일까... 하는
막막함과 당황스러움 말이지요.

물론 예고에서 공부하고 있다면 당연히 음대로의 진학은 좀 더 수월할 수 있습니다.
그것은 그만큼 많은 정보를 공유할 수 있다는 점,
어려서부터 전문적인 교육을 받았다는 점,
수많은 직, 간접 경험으로 무장되어 있다는 점,
연습과 레슨에 학교 측의 많은 배려가 있다는 점,
많은 경쟁자와 함께 성장하여 시너지가 있다는 것,
그리하여 나도 열심히 해야겠다는 동기부여가 늘 된다는 점,
연습의 공간과 시간이 상대적으로 넉넉하다는 것 등.

이렇듯 인문계 고등학교에 다니면서 음대진학을 목표로 하는 것은 어렵습니다만,
3년간의 고등학교 생활동안 위의 조건들을 스스로 만들어 나가는 노력이 가장 필요할 것 같습니다.

물론 수많은 어려움이 따르겠지만.
여러 가지 정보들을 수집하고 공개 리허설이나,
다른 교수들의 마스터 클래스, 음악캠프, 각종 학원에서의 입시대비 연주회 등
스스로 정보를 수집하여 많이 쫒아 다니면서
많은 학생들의 연주를 자주 듣고 비교해 가며 스스로 채찍질 하고요.
학교선생님들께, 또 부모님께 부탁하여
연습과 레슨에 많은 시간과 지원을 아끼지 않도록 정중히 부탁드리시고요.

또한 때때로 전문가들과의 상담,
실기선생님과의 충분한 소통으로 실기성적 향상을 위하여 최선의 노력을 다해야 할 것입니다.

제반 여건이 어려울수록 한탄하고 아쉬워하기보단
스스로 노력하고 부지런히 뛰어다니는 능동적인 학생이 되길 부탁드립니다.

노력하는 자, 최선을 다하는 자 앞에 장애물이란 없습니다.

전 음대 편입하려고 하는 25세 직장인입니다.
송하영 선생님은 음대편입하려는 인터넷 카페를 통해 알게 되었습니다.
너무 편안하고 사랑이 가득하신 분 같습니다.
요즘 저의 고민은 음대학사 편입을 하려하는데
비전공자인 제가 정말 잘 할 수 있을까. 용기가 나지 않아서요.
정말 지금이 아니면 두고두고 후회를 할 것 같아 시작해 보려고 하는데
아직 아무것도 모르면서 덤비는 건 아닌지.
나이도 많고 피아노 공부한 경험도 짧지만
그래도 도전하고자 하는데
막상 시작하려니 어디서부터 어떻게 해야 할지 걱정이 앞서네요.
힘을 내고 싶습니다!!!

항상 모든 일을 처음 시작할 때는 두려움과 걱정이 앞서기 마련일 것 같습니다.
하지만 젊은 사람들이 흔히 생각하는 것 같이 인생은 그리 짧은 것이 아니라는
생각이 듭니다. 인생은 길고, 그만큼 우리가 노력할 수 있는 시간은 많습니다.
조급하게 생각하지 마시구요, 넉넉한 마음으로 도전하시기 바랍니다.

저도 문득 유학시절 생각이 납니다.
세계 최고의 피아니스트가 되겠다는 능력에 비해 다소 큰 꿈(^^*).
그 꿈만을 위해 무던히도 노력하던 그 시절 '왜 생각만큼 되지 않는 걸까.
왜 나는 이것밖에 안 될까? 도대체 얼마만큼 더 가야 나의 꿈이 윤곽이라도 보일까?'
하며 조급해 했던. 항상 할 수 있는 것 이상으로 노력하는데 여전히 불투명할 뿐인
내 미래가 너무 불안했고, 불쌍했고 그런 만큼 걱정도 눈물도 너무나 많았던.
그러다 보니 충분히 아름다웠을 그 유학 시절이 행복하고 뿌듯했던 기억보단
죽을 것 같이 힘들게만 느꼈다는 아쉬움만 남아요.
저는 그게 제일 후회되네요.저처럼 다시 오지 않을 소중한 인생의 한 시기를
걱정으로 불안으로 자학으로 괴롭게 낭비할 필요는 굳이 없겠죠?
몇 년 만 지나면 그렇게 소중하고 아깝기만 할 지금 이 순간을요. 힘내십시오!
그렇게 힘을 내면서 내가 가고자 하는 길을 가다보면 언젠가는 내가 원하던 그 곳에
서 있는 '나'를 보게 될 거예요. 저는 그렇게 믿습니다. 음악을 사랑하는 마음이
넘치시는 분, 그리고 도전을 두려워하지 않는 분 같아서 참 보기 좋습니다.

전 정말 나쁜 세 가지 버릇을 가졌어요. 곡을 받으면 악보만보고 지레 겁을 먹고는
시도도 안 해보고 먼저 못하겠다고 하는... 그래서 선택한 곡들이 항상 제일 어려운
것이었습니다. 이런 버릇으로 교수님께 많이 혼나는데 그러지 말아야지 하고는
또 반복하고야 맙니다. 또 마음이 급해서 손에 어느 정도 익으면 천천히 연습을
못 하겠어요. 천천히 치면 딴 생각을 하고... 그러다보면 어느새 또 빨리 치는 저를
발견합니다. 결정적인 버릇!! 이건 정말 최악인데 무대만 서면 손이 경직이 됩니다.
심장도 쿵쿵 뛰고 몸이 굳어서 연습 하던 대로 안 돼요.
레슨 받을 때 아무리 칭찬을 받아도 무대에만 서면 모두가 물거품이 됩니다.
교수님께선 항상 레슨 받을 때처럼 하라시는데 막상 무대에 선 제 모습을 보면
한숨을 쉬게 된다고. 자꾸 이러니 연습해도 아무 소용없다는 생각이 들어요.
노력은 하는데 대체 몇 년이 지나야 이 버릇을 없앨 수 있을까요?

답변 드립니다.
곡 선택에 관한 거라면 본인이 선택한 곡을 치든 선생님이 주신 곡을 치든
일단은 어느 곡이든 곡을 연습하는 것은 좋은 일이므로
첫 번째는 그리 나쁜 습관은 아닌 듯하고요.
(어떤 곡이 되었든 열심히 연습하시기 바랍니다.)

둘째로 천천히 연습하는 것을 게을리 하는 것은, '네! 안 좋은 습관 맞습니다.'
그리고 그것은 듣는 것과도 연결이 되는 것이어서 더욱 그러하지요.
잘 듣는 훈련을 먼저 해 보세요.
천천히 치는 것은 기술적인 것과도 물론 연결이 되는 것이지만,
그 음악을 한 음 한 음 잘 듣는 훈련도 되고 악보 하나하나 잘 알 수 있는 계기도
되므로 아주 중요한 연습의 방법이에요. 지루해도 꼭!!! 꾸준히 해 나가시길 바랍니다.

셋째로 무대의 공포는 아주 말하기 조심스럽지만,
대부분 연습 부족으로 인한 자신감의 결여입니다.
곡으로부터, 기술적인 것으로부터, 악보로부터. 그 모든 것으로부터 100%로
자유롭다면 무대에서도 충분히 음악을 즐기며 연주할 수 있으리라 생각이 됩니다.
항상 하는 말이지만, '연습보다 좋은 스승은 없다.'는 말 꼭 잊지 마시기 바랍니다.

요즘은 제가 피아노를 정말 좋아 하는지
계속 할 용기가 있는지 생각을 자주 해봅니다.
전 원래 의지도 약하고 소심하고 변덕도 심한지라
지난주 레슨 때 선생님께서 제가 그동안 생각해왔던 대학들 보다
모두 낮추어 지원하라고 하시면서
어떤 대학을 지목하셨는데 제가 원하는 대학은 아니어서
그 충격으로 의욕을 잃었습니다.

내신과 수능도 썩 높은 수준은 아니어서 더욱 걱정이 됩니다.
고3 되어 찾아온 심한 4개월간의 슬럼프, 피아노를 포기하려 맘먹던 찰나에
마지막으로 선생님과 상담이나 해보자 해서 따로 선생님을 찾아가
많은 얘기를 나눴습니다.
그 선생님께서 음대로의 진학이 힘들겠다고 하시던 그 말 한마디에
말로는 다시 열심히 해보겠다고는 했으나
그 이후로는 큰 실망감에 연습도, 공부도 예전만 못했어요.
4개월간의 슬럼프 기간 동안 걱정되는 마음에
공부도 연습도 제대로 한 적이 없었습니다.

감히 음대로의 진학을 원합니다.
저는 정말 음대로의 진학을 간절히 원하고 있습니다.
지금은 입시곡으로 슈만 소나타 2번을 준비하고 있습니다.
제가 들어도 맘에 안 드는 연주, 머리로는 이렇게 치고 싶다. 라는
목표가 있는데 표현은 안 되고.
'왠지 이렇게 치면 어느 대학에서 날 뽑겠는가.' 하는 자괴감만 들고
전 나름대로 꿈이 가능한대로 계속 피아노 공부하고
여건이 된다면 유학도 가고 많은 선생님들처럼
대학도 출강하고 레슨도 하고 싶은데 저는 헛된 꿈을 꾸는 걸까요?

그게 아니라면 피아노 음악잡지에서 어느 피아니스트가 말했듯이
"선택 받은 자가 해야 되는 분야가 음악이라면 나는 선택받은 자가 아니다."
하는 좌절감이 듭니다.
아직은 고3인 저에겐 너무나도 힘든 고민과 스트레스입니다.

일단은 가장 소망하는 대학은 한번 시험을 치러 보는 게 좋을 것 같아요.
제 제자들도 수능의 점수와는 상관없이
학교 하나는 소망하는 대학으로 상향 지원하고,
다른 학교는 정말 현실적으로 합격의 가능성이 그나마 안정적인 대학으로,
그리고 나머지 학교는 꼭 합격할 수 있는 대학으로
하향 지원하여 치르도록 하였어요.

학생이 소망하는 학교를 도전 해봐야 의욕도 생기고, 열심히들 하는 것 같아서요.
그리고 대학시험이 뭐 그리 대단한 거라고.(살다가 보면, 그거 보다 더 큰 결정의 순간들이 참 많아요. 그러니 다들 기운내세요!!!)
그러고 나면, 나머지 두 곳 정도의 학교는 선생님의 진학상담 말씀을
무조건 따라 안정권으로 지원하는 것이 좋습니다.

'선택 받은 자들이 하는 것이 음악이라는 것'은 분명 맞는 말입니다.
경제적인 면뿐 아니라 음악적 재능이라는 것도 신의 선물이기에
누구에게나 다 있는 것은 아니니까요.
하지만 내가 선택 받은 자가 되도록 노력하는 길도 분명 있습니다.
부족한 재능을 엄청난 노력으로 채우고 할 수 있는 모든 노력으로
내 미래를 스스로 만들어 낼 수 있는 것도 아무나 할 수 있는 일은 아닙니다.

일단 학생은 간절히 원하는 마음이 있다는 것 하나만으로도
재능이 있다는 또 다른 반증일 수 있습니다. 그러니 너무 좌절하지는 마시기를요.

힘내세요, 제발.
긍정적인 사고로 언제나 성실히 노력하면서 하루하루를 채워나간다면
언젠가는 좋은 날이 꼭 올 겁니다. 반드시.

5. 릴렉스와 테크닉에 관한 질문

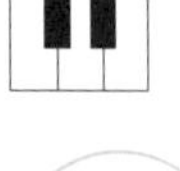

모든 곡을 연주할 때 릴렉스가 안됩니다.
어떻게 해야 할 지 도와주세요!

답변 드립니다.
원론적인 질문을 하셨으므로 저도 원론적인 이론으로 답변을 드리겠습니다.
다음은 러시아의 피아노 교육의 거장 하인리히 네이하우스가 쓴 세계적인 저서 〈피아노 연주기법〉 에서 발췌한 테크닉 편의 '자유에 대하여'라는 곳에서 발췌하였음을 알립니다.

"나는 처음부터 다시 시작하려 한다. 재능을 적게 타고 난 학생이나, 혹은 전혀 재능을 타고나지 않은 학생들을 가르칠 때면, 그들이 갖고 있는 중요한 결점은 무서울 정도로 딱딱함과 자유를 완전히 잃어버린다는 점이다. 그러한 학생들은 피아노 앞에 앉자마자 돌이나 나무처럼 딱딱하게 굳어버린다. 그들의 관절은 더 이상 작용하지 않는다. 즉, 예를 들어서 걸을 수 있고 달릴 수 있으며, 뛰어 오를 수도 있고, 공을 찰 수도 있고, 아주 쉽게 춤을 출 수도 있는 정상적인 어린이가 갑자기 돌로 변하는 것이다. 이렇게 되는 이유는 분명히, 작업에 맞설 수 있는 능력의 부족, 악기에 대한 두려움, 음악의 레슨, 음악의 건반과 같은 모든 것에 대하여 미움을 품고 있는 주관적인 비음악성 때문이다. (중략)
학생들에게 최소한의 유연성을 갖게 하기 위해 다음과 유사한 연습자료들을 제시해 왔었다. 팔목을 올리고, 손을 자유롭게 하여 위로부터 한 음을 연주한다. 점차 팔목을 내려서 가능한 낮게 내린다. 그러나 빠르고 이미 계산된 악장을 지나면, 손목을 다시 건반 위로 올려서 손가락이 자연스럽게. 더 이상은 건반을 내려 누를 수 없을 때까지 계속한다. 이러한 작업은 손과 팔목을 함께 이용함으로서 아주 빠르고 부드럽게 될 수 있다. 이것은 모든 손가락을 바꾸어 가면서 여러 번 반복 되어야 한다. 이것은 아주 훌륭한 체계이며, 시간이 지나면 학생들은 점차 유연성을 얻게 된다. 그러나 문제는 이 방법이 순수하게 기술적이며 학생들의 지적인 능력을 개발 시킬 수 있는 방법이나. 수단에 충분한 관심을 주지 못한데 있다. 물론 나는 그런 재능이 없는 그러한 학생들에게 몇 가지 음악적 교육을 시켰다.

왜냐하면 우리는 아주 쉬운 음악작품을 공부했고,(많은 어려움이 있었지만) 그러한 학생들에게 '음악적' 작업을 하도록 인도했다. 결론적으로 말해 한 학생이 자신의 몸에 대하여 완전한 조정을 하지 못하면, 다시 말해 어떤 학생이 완전한 자유를 갖고 있지 않으면, 피아노에서 벗어나서 다음과 같은 훈련을 해 보라고 권유한다.

"일어서시오, 팔의 힘을 빼고, 마치 죽은 것처럼 몸을 옆으로 늘어뜨리십시오."
"다른 편의 활동적인 손을 사용하여 그 손의 손가락 끝으로 팔을 잡고 점차 가능한 한 높은 위치까지 들어 올리시오."
"가장 높은 지점에 도달 했을 때 갑작스럽게 팔을 놓아서, 그 팔이 (마치 죽은 물체가 떨어지듯이) 떨어지도록 하시오."

당신은 그것을 믿는가? 모든 훈련 중에서 가장 간단한 것이 아주 놀랍고, 복잡한 훈련이 줄 수 있는 모든 가능성 보다 크다는 것을. 대부분의 연습 과정은 팔의 근육을 완전히 분리시키지는 못한다. 즉, 팔의 근육이 '죽은 사람의 육체처럼' 되게 하지는 못 한다는 것이다. 그것을 반쯤 내려오게는 할 수 있어도, 완전히 떨어뜨리지는 못한다. 비루투오소 피아니스트들은 상금을 걸고 달리는 경주용말과 같이 훈련을 해야 한다!!! 또다시 나는 다음과 같은 말을 반복하고 싶다. 톤에 대한 장에서 설명했듯이 내가 레가토 연주에 대해 얼마나 큰 중요성을 부여했는지 알 수 있을 것이다. 청각적인 의미에서 나, 신체적인 의미에 있어서 실제적인 레가토이며, 그것을 얼마나 정확하게 표현 할 수 있는가. 즉 어떠한 음이 연주 된 후에 다음 음이 음이 연주된 후에 이완 되는 방식으로 연주 되는 것을 의미한다. 레가토는 유연성이 없이는 결코 생각해 볼 수 없다. 그렇다면 유연성이 무엇이며 우리는 어떻게 그것을 연주해야 하는가? 우리들은 이미 간단한 스케일을 통하여 이러한 사실을 보아 왔었다. 나는 학생들이 오른손으로 스케일을 연주할 때 손을 영원히 그대로 유지하면, 집게와 엄지손가락을 향하여 흐르게 된다고 말하는 선생님들을 종종 보아왔다. 이것은 편리하고 아름답다. 그러나 사실 이것보다 덜 실천적인 방법을 상상 할 수 없다. 또한 이러한 것들은 규칙에 예외가 되는 몇몇 경우에 있어서만 오로지 될 수 있는 일이다. 여기에 관심이 있는 사람들은 우선 이러한 방식으로 스케일을 연주하고 난 후 적절한 방법으로 다시 연주 하라고 권해보고 싶다. 물론 나중의 방법은 정확하게 반대가 되는 방법이다. 다시 말하면, 여러분이 엄지손가락에 접근할 때는 손은 둘째에서 다섯째로 움직여야 한다. 그러고 나서 엄지손가락을 뒤집는다, 즉 동일 계열에 있는 3개의 손가락(셋째, 둘째, 첫째)의 다음 위치에 접근하면서, 손은 엄지 위에 작은 아치 즉 일종의 둥근 테를 그리게 된다. 물론 그 순간 손은 다섯째에서 둘째를 향하여 움직인다. 그러고 나서 다음 순간에 손가락을 뻗어서, 다시 한번 최초의 위치로 되돌아온다. 즉, 다섯째 손가락을 향하여 되돌아온다. 만약에 여러분이 이러한 방법으로 스케일을 연주한다면, 그것도 아주 빠른 속도와 큰 소리로 연주한다면 여러분들은 큰 물결선 '~'을 보게 될 것이다."

다름이 아니라 손가락 주법에 관한 건데요,
다른 손가락은 힘도 잘 들어가고 아프지도 않은데
유독 4번째 손가락이랑 새끼손가락이 힘이 들어가면 꺾이는
현상이 자꾸 일어나네요.
오래치고 나면 손가락도 아프고.
그리고 새끼손가락에 너무 힘이 들어가는데
조절을 하고 싶은데도 조절이 잘 안 됩니다.
새끼손가락은 가만히 있는데 4번째 손가락으로 칠 때
새끼손가락에 힘이 너무 많이 들어가서 펴져 있는 상태
(힘이 완전 풀린 상태)가 아니라 힘이 잔뜩 들어가서 꺾여 있습니다.
손가락에 독립이 안돼서라고 하는데요, 조절이 안 됩니다. ㅠ_ㅠ
쓸데없이 힘이 들어간 상태에서 새끼손가락을 치려고 할 때,
갑자기 세게 친다든지 약하게 친다든지
흔히 말하는 실수가 난다든지
새끼손가락이랑 4번째 손가락 때문에 정말 고민이네요.
악력기를 사용해서 손가락 힘을 기르려고 하는데
이것이 도움이 되는지도 궁금합니다.
자랑은 아닙니다만 손가락이 조금 큰 편입니다. 뼈도 굵직한 게 아니라
가늘어서 정말 툭 치면 부러질 것 같습니다.
도에서 파까지 닿는 길이인데요, 손가락이 손바닥 면적 길이보다 깁니다.
그래서 그런지 손에 힘이 잘 안 들어가고 휘청거리는 것 같은데
손가락도 기형적으로 꺾이는 것 같고요. 손가락이 크다고
좋은 건 절대 아닌 것 같아요. 오랫동안 연습도 못하겠고 아파서 죽겠습니다.

답변 드립니다.
사실 4, 5번 손가락의 불편함은 어느 정도 모든 피아니스트들이 갖는
공통의 문제점일 것 같습니다.
슈만이 이를 극복하기 위해 과도한 연습과 불필요한 도구들의 남용으로 손을 다쳐
더 이상 피아니스트의 길을 걸을 수 없게 된 일은 유명한 일화로 남아있죠?

신체의, 손의 구조상 4, 5번째 손가락의 약함은 어찌 보면 당연한일 일 것 같습니다.
그러므로 극복하기도 그만큼 어려운데 딱히 '이런 방법으로 극복을 해봐라.' 라고
말씀을 드릴 것은 없는 것이 또한 안타깝습니다.

다만, 너무나 극복하고자 하는 의욕만을 앞세워,
손을 다치는 슈만의 전례를 따르지 않기를 바라며,
기술적인 것의 극복만을 문제로 삼지 않고,
음악적인 표현을 중점으로 생각의 방향을 바꾸는 것 또한 중요한 일일 것 같은 생각이 드는군요.

6. 스승에 관하여

지도교사 선택과 레슨에 관하여

선생님께서는 대학 입시에 있어서
선생님과 학생의 노력 중에
선생의 능력과 학생의 노력을 대비해 볼 때
얼마나 상관관계가 있다고 생각하시는지요?

아주 직설적인 질문이군요.^^*
일단은 학생의 노력과 선생님 말씀에 대한 100% 신뢰가 가장 중요하다 생각합니다.
그런 만큼(학생이 선생을 100% 신뢰하는 만큼) 선생도 정말 많은 지식과 열성과
사랑으로 학생들을 가르쳐야하겠죠.
그리고 끊임없이 학생의 심리를 조율해야 하는 것 또한 선생의 몫이라 봅니다.
학생들은 아직은 의지가 많이 약하고 또 어느 경우에 있어서는 스스로가 자신을
일정에 맞게 움직이도록 하는데 있어서 당연히 의지가 많이 부족하기도 하겠죠.

사람이기에, 아직은 경험 없고 어리기에 더욱 그렇습니다. 그럴 때 선생이 나서서
학생의 의지를 북돋아주고 열심히 하도록 독려하고 자신감을 추켜세워 줘야 하겠죠.
그리고 입시의 경향과 점수의 분포, 합격 가능한 대학의 선정 등 또한 정확히 분석하여
학생의 능력과 희망에 맞는 적절한 학교선택을 하는 것도 많이 중요합니다.
그러므로 입시에 있어 선생의 역할은 학생 못지않게 매우 중요합니다.

그러나 결국 입시는 학생의 몫입니다.
선생이 아무리 많은 준비와 열성으로 학생을 가르쳐도
받아들이는 학생의 자세가 준비가 되어 있지 않다든가,
성실하지 못하여 레슨을 자기 것으로 소화하지 못한다든가 한다면
그 어떤 스승의 노력이라도 백해무익 아니겠어요?
그러므로 입시는 선생과 학생 심지어는 학부모까지 한마음과 열정으로
1년 간 매진하여 준비해야 할 것입니다.

100% 학생이 노력할 자세와 실기 지도 선생에 대한 신뢰와 순종,
그리고 성실이 보장된다면, 그렇다면 그 후 당락에 대한 책임은
선생의 능력, 지식수준과 음악성, 경험에 있다고 생각합니다.

올해 예고에 들어가는 학생입니다.
제가 합격한 후 아는 언니 소개로 예고 전임하는 선생님에게
한 달 반 정도 배우고 있는데요.
예비소집을 가보니깐 강사프로필을 나눠줬는데
지금 배우고 있는 전임 선생님 프로필을 보니
최근 대학을 못 보내고 제자들은 모두 재수를 하더라고요.
다른 강사선생님들의 프로필을 보니
능력 좋으신 분들도 많은 것 같아 보여서 고민이 됩니다.
아무래도 선생님을 바꾸는 게 좋을 것 같은데 선생님 생각은 어떠신지요?
나이든 선생님보단 젊으신 선생님이 좋은지
젊은 선생님보다 나이든 선생님이 좋은지 조언 좀 해주시고요.
어떻게 해야 나와 잘 맞는 선생님을 선택할 수 있는 것인지도 답변 부탁드립니다.

예고 입학을 앞두셨으니 이래저래 많은 고민이 되시겠군요.
저도 예고를 다녔으니 당연히 그 기분을 잘 알 것 같습니다.^^*
그러나 대학을 많이 보냈다, 혹은 적게 보냈다는 것이
좋은 선생인지 아닌지를 판단하는 기준이 될 수는 없겠죠.
또한 선생의 연배가 젊고, 아니고 또한 좋은 선생을 의미하는 지표는 아닙니다.

좋고, 나쁜 선생은 예고의 강사 정도 된다면 거의 없다고 보는 것이 옳습니다.
그러나 나와 잘 맞는지 그렇지 못한지 하는 차이는 중요할 수 있겠죠.
또한 이 점은 그 선생님을 직접 겪지 않고서는 모르는 것이니
아직 섣부르게 판단할 일은 아닌 것 같군요.

어쨌거나 예고 입학을 축하드립니다.
불필요한 걱정보단 진취적인 연습과 공부를 권하고 싶습니다.

사사선생님이 참 중요한건 피아노를 하면 할수록 깨닫는 것 같아요.
제가 평소 답답하다고 생각했던 것을 송하영 선생님께서 글로 대답해 주셔서
항상 감사드립니다. 다시 한 번 더 질문을 드립니다.
사사선생님을 잘 만나야 좋은 건 아는데 제 실력이 모자라서
좋은(?) 선생님을 못 만나게 된다면 그럴 땐 어떻게 해야 할까요?
제가 어린아이라면 점점 실력을 키워 나중에 가도 되겠지만
이제 입시준비를 시작하는데 어떻게 해야 옳은 걸까요?
그리고 유학파 선생님은 모든지 옳을 것이다 생각하여 무조건 따라가는 건
옳지 않은 방법일까요? 자기와 맞는 선생님을 찾는 게 제일 좋은 거겠죠?

선생님을 만나는 작업은 참으로 어렵습니다.^^*
또한 선생에게 있어서도 좋은 학생들을 만나는 것은 어렵습니다.
물론 선생은 어떤 학생이라도 결국엔 좋은 '학생' 좋은 '사람'으로 길러내야 하는
점에서는 차이가 있습니다만, 좋은 선생님을 만나고 싶은 학생들의 열망과도 같이
선생들도 늘 좋은 학생들이 찾아와 제자가 되어주길 늘 기대하며 기다리죠.

잘 맞는 선생님이란 것도 실제로 오랜 시간 서로를 겪어보지 않는다면
알기 어려운 일입니다.
'100% 입시합격 보장' 이라는 천박한 문구로 홍보하는,
이런 장사 속 같은 말을 내거는 사람도 일단은
좋은 선생님은 아닐 거라는 생각이 우선은 들고요.
나이에 비해 터무니없는 월등한 경력을 내 건 사람들도
좋은 선생님이 되어주실 확률이 높지 않다고 보입니다.

유학파 선생님이라고 모두 다 훌륭하다고는 절대로 말할 수 없겠지만,
그래도 권한다면 유학을 다녀오신 분들에게 사사 받는 것을 권해 드리고 싶군요.
일단은 학생의 입장에서는 아무래도 본고장의 음악을
우리나라에서 제대로 깊이 있게 다룰 수 있는 좋은 기회이기도 하고요.

유명하신 교수님께 사사 받는 것은 물리적(시간)으로도 매우 어렵지만
경제적으로도 비싼 레슨비를 감당해야하는 굉장한 부담과 어려움이 뒤따를 것입니다.

당연히 교수들의 레슨은 오랜 시간의 연륜과 경륜이 쌓인 수준 높은 레슨이므로
또한 마땅히 그에 상응하는 대가가 따라야 할 것이고요.
잘 수소문해 보면 실력 있고, 의욕에 넘치는 젊은 선생님들 중에 성실하고
좋은 학생들을 못 만나서 안타까워하고 계신 분들도 의외로 많이 계실 것입니다.
저 또한 마찬가지고요.

그런 분들은 학생 하나하나를 의욕 있게
미래의 거장으로 만들어(?) 나갈 준비도 되어 있으시고,
외국에서 공부도 오랜 기간을 깊이 있게 하였으니 좋은 음악도 가지고 계실 것이며,
한국에서 제대로 된 교육을 이수하였다면
우리나라 대학입시에 대한 명확한 분석도 이미 하고 있을 겁니다.

모쪼록 좋은 선생님을 만나셔서 깊이 있고,
즐거운 음악도로서의 길을 걷게 되시기를 기원합니다.

'되기'를 원한다면
당신은 이미
되어가고 있다.